U0562028

THE HOBBITS OF TOLKIEN

托尔金的霍比特人

［加］大卫·戴 著
邓笑萱 译

北京时代华文书局

目　录

引　言

第一部分　霍比特人的本质

第二部分 霍比特人的起源

第三部分 夏尔国的土地与地道

第四部分 孤山之旅

第五部分 寻找魔戒

引　言

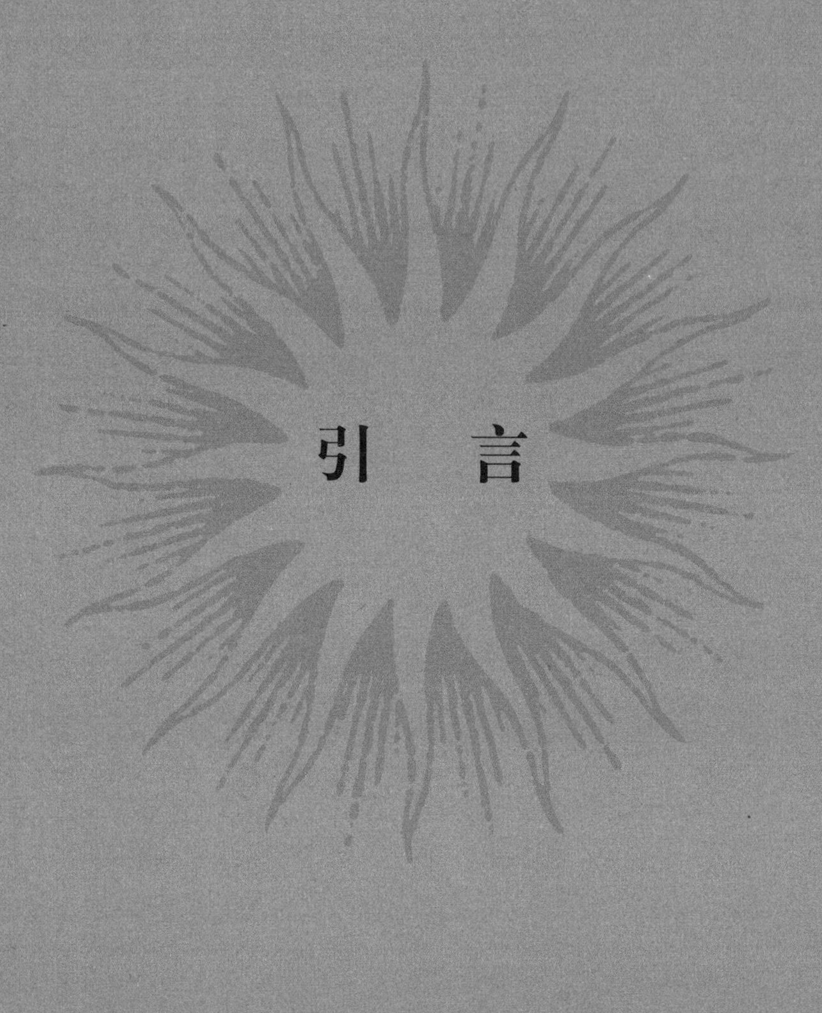

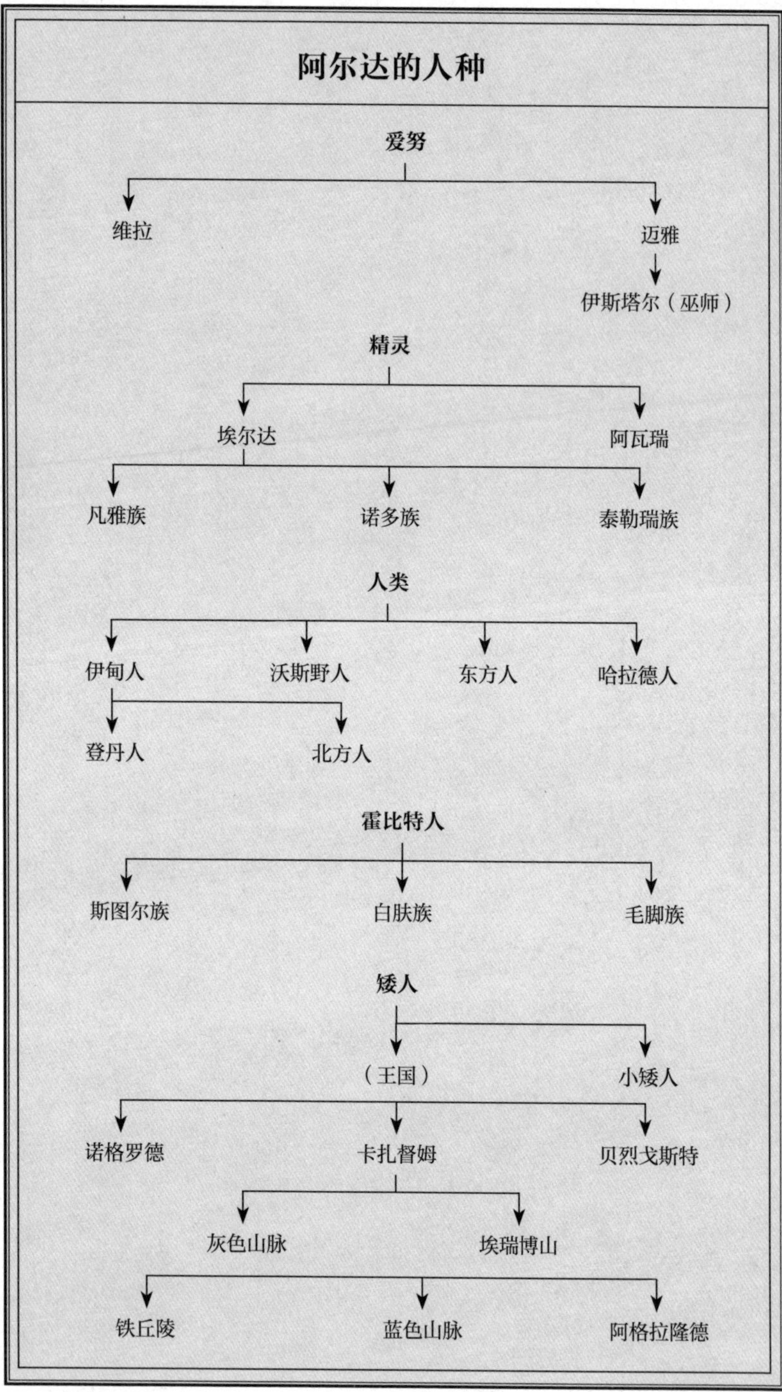
阿尔达的人种
爱努
维拉
迈雅
伊斯塔尔（巫师）
精灵
埃尔达
阿瓦瑞
凡雅族
诺多族
泰勒瑞族
人类
伊甸人
沃斯野人
东方人
哈拉德人
登丹人
北方人
霍比特人
斯图尔族
白肤族
毛脚族
矮人
（王国）
小矮人
诺格罗德
卡扎督姆
贝烈戈斯特
灰色山脉
埃瑞博山
铁丘陵
蓝色山脉
阿格拉隆德

一切始于"霍比特人"

"霍比特人"（Hobbit）一词的诞生赋予了1930年牛津郡的那个夏日午后重要的意义。确切来说，这个词并不是托尔金凭空虚构出来的，只不过从未有人与他一样，在牛津郊区诺斯穆尔路20号的书房中，将这个词潦草地写在一张小纸片上。

很快，"霍比特人"这个词之于托尔金教授就如同"霍克斯波克斯"之于童话魔法师一样充满魔力。事实上，"霍比特"是最为重要的一个概念，激发着托尔金所有的创作灵感。大多数作者先塑造人物，再给他们取名字，而托尔金教授却恰恰相反。他一直坚信词汇本身能够向他描述人物、生物、种族、物种、情节、地点甚至整个宇宙。最重要的是，托尔金是一位研究文字的学者——他是一位语言学家，也是闻名遐迩的《牛津英语词典》的编者之一。由此，在他的小说当中，词汇成为他主要的灵感源泉，这一特点也在他的创新词"霍比特人"上体现得淋漓尽致。

而对于托尔金的"霍比特人"这个词是如何产生的，我们又了解多少呢？说实话，确实不多。他曾亲自描述这个词的产生过程，听起来就好像这个词是夹在一封没有来由的匿名信里的，这封信没有邮戳、没有回信地址，就这样被扔进了他的邮箱。“我记得当初我是这样开始创作《霍比特人》的。当时，我正坐着批改学生的毕业考试试卷，整个人都昏昏欲睡，但这是我们这些有孩子并且囊中羞涩的大学教师每年都要完成的苦差。我在一张空白纸上潦草地写道：

‘从前有个霍比特人，他住在地洞里面。’我当时并不知道为什么会写下这样一句话，直到现在也不知道。”

人类的想象力是一个复杂而又奇特的东西：既像喜鹊一般收集想法，又像魔术师一样创造想法。天生极富想象力的作家或者艺术家大多喜欢发挥自己天马行空的想象力，但是托尔金却是个例外。他不仅是个作家，还是个受过专业培训的学者，因此他十分了解塑造霍比特人以及他们的世界的外力有很多。在《霍比特人》出版多年之后，托尔金又在此基础上创作了许多作品。

夏尔国

“有名考生慷慨地留下了一页答题纸，上面什么都没写（这对于一个阅卷人来说可能算是最好的消息了），我就在上面写道：‘从前有个霍比特人，他住在地洞里面。’名字总能够在我的脑海中形成一个故事。因此，我觉得最好还是研究一下霍比特人究竟是什么样的。但‘霍比特人’这个词仅仅是个开始。”这也就是为何托尔金自己曾

说：一切始于“霍比特人”。此外，从他所说的“我觉得最好还是研究一下霍比特人究竟是什么样的”当中，我们可以清晰地看到托尔金工作时的创造性思维运作过程。许多作家都在谈论如何创造一个人物，但每当有人让托尔金谈谈一个虽然有了名字却未曾在他的书中有详细描述的人物（或者一个种族、一样东西、一个地方）时，他总是会说，“我会尽力去寻找更多相关的信息”。

也就是说，托尔金对待这些角色（或者一样东西、一个地方），就仿佛它存在于一个平行世界当中，那里所有的事实等着被人发觉，等着被人用最细微的笔触记录下来。作为作家的托尔金认为自己并不是一个创造者，而是一个探险家或者是编年史家，为某个等待着有人可以用语言将其描述出来的现存世界发声。

这本书是对语言的灵感力量的探索。书中提出，托尔金所创作的所有关于霍比特人的作品，其主体从本质上来说就是将与“霍比特人”这个词息息相关的事物罗列出来。因此，有了“霍比特人”这个词，才有了霍比特人的形象、种族和世界。

如果这算得上是一种特殊的思维方式的话，那这正是它存在的意义。托尔金为“霍比特人”这个词创造了一个语言起源，称这个词是由一个意为“造洞人”的原创发明词 holbytla（实际上是一种古英语形式）变形而来的，“Hobbit”是它的变体。因此，《霍比特人》的开场白其实是一个隐晦的文字笑话，故意地重述：“曾经有个造洞

人，他住在地洞里。”

为了进一步研究这种手法，我们可以查阅现代英语单词 hole 的演变，它源于古英语 hollow。但奇怪的巧合是，hollow 最初源于古德语 hohl——发音与 hole 一模一样。

托尔金对于这种螺旋式的结尾很不满意，于是他忍不住补充了更多的转折。他说霍比特人自己并没有将“Hobbit”这个词看作是 holbytla 的变体形式。在他们自己的霍比特语当中，他们称自己为库都克（kuduk），是意为“造洞人”的 kud-dukan 的变体，而 kud-dukan 是托尔金从史前日耳曼语单词 khulaz 衍生出来的哥特式单词。这就形成了一个完整的演变过程，因为 khulaz 意为“中空的”，是古德语单词 hohl、古英语单词 hollow 和现代英语单词 hole 的词源！但托尔金教授似乎认为这还是不够复杂，因此又加上了一些其他的说法：人类与精灵只注意到了霍比特人的身高（半人高，因此被称作半身人），而不是他们的洞穴。因此，霍比特语中的“库都克人”（霍比特人）在精灵族的辛达林语中被译为派里亚纳（半身的人），这源于辛达林语中的派里亚（半身的），在人类使用的西方语中，“半身的”译为“班那其”，到了英语当中又回归到“霍比特”（库都克）。

在这本书中，我们还会看到无数的例子，证明托尔金执迷于用晦涩难懂的语言学来传达幽默的意味，但更重要的是，这也证明，托尔金对于文字的痴迷恰恰是他源源不断的创作灵感之源。单词具有一种神奇的魔力，暗含着无穷无尽的创造力。因此，这本书的主要内容便是关于单词、语言，以及它们是如何激发创作灵感的。

第一部分

霍比特人
的
本质

霍克斯波克斯词典

在大多数词典中，托尔金的魔法词“霍比特人”一般紧跟“恶作剧”（hoax）一词出现，而“hoax”则是魔咒“Hocus-Pocus”（霍克斯波克斯）的缩写形式。有趣的是，“hoax”一词本身就有“小把戏、恶作剧或编造的故事”的意思。

这并不是个意外。毕竟，《霍比特人》这个故事是编造的，托尔金花了大力气把它写成一部历史手稿，而不是一部小说。显然，他本人乐在其中，并且很享受创造一些暗藏玄机的文字游戏的过程。

的确，如果我们不看“Hobbit”这个词，单独看词典中紧接着“hoax”出现的从“hob”到“hobo”这13个单词，我们就能很容易地发现托尔金的灵感就是来自这个简简单单的单词列表，霍比特人形象的各个方面几乎都是由此塑造成的。托尔金通过这些单词形成的线索“发掘”了霍比特人这一形象，这是他典型的创作逻辑，可以看成是一种暗藏玄机、不断延伸的语言学笑话。事实上，我们读出词典上的“霍克斯波克斯”（Hocus-Pocus）后，就可以开始一场与小说相同的冒险，冒险中有一个霍比特人，还有13个矮人，他们的名字分别是Hob、Hobble、Hobbledehoy、Hobbler、Hobby、Hobbyhorse、Hobgoblin、Hobiler、Hobit、Hoblike、Hobnail、Hobnob和Hobo。

这13个矮人的名字都有着不同的意思，且大多数都是同音异义词（发音相似，但意义不同，词源也毫无关联）。然而，无论这些词语的本质如何，它们每一个都影响着霍比特人以及其世界的创造及演变。如果你对此表示怀疑，只要看看《钱伯斯简明词典》中是如何定义“Hobbit”这个词的就可以明白了。“霍比特人——一个虚构的种族，半人高，穴居且脚上多毛，由托尔金创造，于1937年在其小说《霍比特人》中首次出现。”

一个虚构的种族：HOB是一种小仙子、小精灵，是一个虚构的存在。

半人高：HOBBLEDEHOY是一种半男人、半男孩的年轻物种。

穴居且脚上多毛：HOB是一种雄性雪貂——一种半驯服的鼬类，用以驱赶进入穴中的兔子。（也就是说一种脚上多毛的穴居动物把其他的毛脚穴居动物赶出洞穴。）

如果这还是不能够说服你，那就试着回想一下你所知道的关于霍比特人的一切，看看“hoax”之后的那13个单词是否与上述特征毫无关联。让我们来看一看关于我们想象中的霍比特人，这些单词还能够告诉我们什么。

“hob”这个单词告诉我们，霍比特人是山居、穴居生物，体形只有常人的一半。

山居生物：HOB来源于词根hump，是一种低地德语，意为“山”。在澳大利亚，humpy意为小屋。

穴居生物：HOB是一种精灵，他们将自己的家建在空心的山里。古时候的巴罗地貌就常被称为HOB的小屋。

体形只有常人的一半：HOB，或者说HOBMEN，是所有性情温和的霍比特人或棕仙的统称；他们长得像人，毛茸茸的，大约91厘米高，住在洞穴里。

而“hobnob”“hobbyhorse”“hobble”则让我们知道霍比特人喜欢喝酒、闲聊、跳舞，还有猜谜。

爱喝酒、爱闲聊：HOBNOB的本意就是一起喝酒聊天。

爱跳舞：HOBBYHORSE是中世纪的莫里斯舞舞者。

爱猜谜：HOBBLE的意思是“使困惑”。

“hoblike”“hobnail”“hobble”“hobbyhorse”“hobby”则告诉我们

霍尔曼·绿手，霍比屯山上的园丁祖先

霍比特人是滑稽的、质朴的、固执的、异想天开的、古怪的。

滑稽的：HOBLIKE 的意思是滑稽的或者粗俗的。

质朴的：HOBNAIL 指的是一个乡巴佬。

固执的：HOBBLE 的意思是阻碍，给别人制造麻烦。

异想天开的：HOBBYHORSICAL 的意思是反复无常的或是有趣的。

古怪的：HOBBYIST 指的是一类人，有着一些令人开心却又古怪，往往没有任何意义的业余爱好。

“hobby”和“hobit”这两个词又可以告诉我们，霍比特人是目光敏锐的带着投石和弓箭的射手。

目光敏锐的、如鹰眼般的：HOBBY 一词源于法语的“hobet”以及拉丁语的“hobetus”，意为一种体形较小的猎鹰。

出色的投石技术：HOBIT 是一种榴弹炮或者一种弹射器。

优秀的弓箭手：HOBIT 是一种投射器，词源与威尔士语“hobel”相关，意为弓箭。

“hobgoblin”和“hobiler”告诉我们，霍比特人是保皇主义者，并且是精灵的朋友。

精灵的朋友：HOBGOBLIN 的字面意思就是精灵 - 哥布林。

忠诚的保皇派士兵：HOBILER 是中世纪的轻装士兵，宣誓效忠国王。他们很少参加战斗，但常常传递情报或做侦察工作。

“hobiler”“hobbler”“hob”让我们知道，霍比特人是农夫、河工，还是伐木匠。

毛脚族是农夫：HOBILER 是封建时期的佃农，还是士兵。

斯图尔族是河工：HOBBLER 指的是将绳子系在船上沿着河岸或者用划艇拖船的人。

白肤族是伐木匠：HOB 指的是树林中的棕仙或者精灵。

“hobo”告诉我们霍比特人曾经是流浪的移居农夫。

流浪时代的霍比特人：HOBO 意为边工作边流浪的人。

霍比特人是土地的耕种者：HOBO 最初是指锄地的孩子或者四处奔波的农夫。

走近比尔博・巴金斯

托尔金创造的第一个霍比特人是一个叫比尔博·巴金斯的绅士。我们已经研究了“Hobbit”这个单词，并且分析了这个词对于这一种族产生了怎样的影响。接下来，让我们来研究一下霍比特人的典型代表比尔博·巴金斯先生的姓名，看看其姓名与他的形象、他的种族之间有着怎样的关联。

首先，我们先分析一下他的姓氏：巴金斯（Baggins）。

BAGGINS——下午茶，正餐之间的一种丰盛的小食。

从《霍比特人》的开场我们其实就可以知道，霍比特人似乎很喜欢在两餐之间吃零食，而且对下午四点钟左右的下午茶情有独钟。是因为巴金斯这个姓氏才给霍比特人带来了暴饮暴食的习惯吗？还是说霍比特人的饮食规律已经众所周知，所以才选择了巴金斯这个姓氏呢？这就是“先有鸡还是先有蛋”的谜题案例之一。但不管怎么说，你也永远无法找到比巴金斯更适合霍比特人的姓氏了。当然，这还没完。巴金斯这个姓氏同时暗示了或者故意被托尔金选中来强调比尔博·巴金斯出身于一个富贵家庭这个事实。就像Hobb（it）是Hob或者Hobb的另一种说法一样，Bagg（ins）也是Bag或者Bagg的另一种表达，源于巴金斯家族的祖先的姓氏。当然，在英国的命名法则当中，“巴金斯”一词源于中世纪英语中萨摩赛特人的姓氏Bagg，意为钱袋子。

BAGG——钱袋子、包裹、一大笔钱。

比尔博·巴金斯在读书

“钱袋子”这种含义同时也出现在了比尔博的父亲——邦哥·巴金斯（Bungo Baggins）的名字当中。Bungo 的词根是 bung，1566 年的时候以“bunge”（钱包）的形式进入英语语言当中。但是到了 1610 年，“bung 的意思变成口袋了，在此之前是钱包的意思”。此外，我们可以推断出邦哥的钱袋子一定是鼓鼓的，因为邦哥用里面的钱买下了袋底洞的大庄园，并且留给他儿子很多财产，让他过得舒舒服服的。

现在，让我们一起来看看我们主人公的名：比尔博（Bilbo）。

BILBO——短剑或细剑。

“bilbo”这个词是在 15 世纪通过“Balboa”（巴尔博亚）这个地名进入英语语言当中的。巴尔博亚地处葡萄牙，最出名的便是当地人能够用柔韧却不易断裂的钢铁铸造出精美的剑。在莎士比亚时代，bilbo 意为一种短小却能够一击致命的剑或者一把精致锋利的细剑。

这个描述对于比尔博的剑来说十分恰当。那是一把被施了魔法的精灵剑，名为刺针。这把短剑是在一个食人妖的洞穴中找到的，由古时的精灵族工匠塔尔查锻造，如若遇到邪恶力量就会散发蓝色的光芒。它的剑刃被施过魔法，可以刺穿那些足以将其他剑折断的盔甲和兽皮。

比尔博这个名字显然让托尔金立刻产生了对于故事情节中可能

发生的一些事情的基本想法，因为在《霍比特人》的第一稿中，我们可以看到比尔博的短剑刺针是消灭巨龙的利器。巨龙的肚子上有一处皮肤没有盔甲保护，刺针穿过该处皮肤，杀死了巨龙。

尽管在《霍比特人》的最终版本当中，该情节被删除了，但在《指环王》中，一个名叫山姆卫斯·詹吉的霍比特人用刺针刺穿了蜘蛛精希洛布的肚子，给了它致命一击。这就可以证明，这个武器对于《指环王》里的情节也至关重要。

然而，在《霍比特人》中，比尔博的优势在于他思维敏捷，而不是因为他有一把锋利的剑。无论是为了逃离半兽人、精灵、咕噜还是恶龙的魔爪，比尔博的智慧都能让他解决难题，并且还能捉弄坏人。在故事的最后，比尔博之所以能够杀死巨龙，是因为他利用了恶龙的虚荣心，借助刺针或者说用了一个小把戏，发现了恶龙的致命弱点，才知道了杀死它的办法。

所以，当我们把姓与名结合起来形成比尔博·巴金斯之后，就能够看出我们的主人公人物特征的两个主要方面，这在某种程度上也是霍比特人的基本人物特征。从表面上来看，巴金斯这个姓氏给人一种无害、富裕、满足的感觉；而比尔博这个名字就容易让人联想到一个敏锐、聪明甚至有点危险的人。起初我们认识的比尔博·巴金斯的确是一个充满喜感、热爱家庭、性情质朴的中产阶级绅士，他充满善意、会讨好人、爱八卦、亲切机智，而且还唠唠叨叨、说话委婉，家族的历史也十分丰富。他最关心的就是家里是否舒适、村子里有什么节日、晚宴吃什么、花园和菜地怎么打理，还有粮食能否丰收。

比尔博·巴金斯充满着喜剧意味，一看就不是一个英雄角色，但他却踏上了通往英雄世界的征程。在这个世界当中，平凡恰恰与英勇碰撞出了火花。人们应该意识到存在于这些世界当中的价值观之间差别很大。在比尔博·巴金斯的身上，读者可能会看到一个具有现代风格的平凡角色，当他在古代英雄世界冒险时，读者容易代入他。

然而，比尔博·巴金斯的本性里存在着矛盾，和其他的霍比特人有些不同。他是一个典型的霍比特人，具有大量常识，同时还有着超凡的能力。这也就是他能够被巫师甘道夫选中，受雇于矮人，成了一个自由工作的“飞贼英雄”（hero-burglar），替他们执行任务的原因。

史诗社会与日常社会中的角色对应——英雄与盗贼。盗贼通常是日常社会中的罪犯，却可能成为史诗社会中的英雄。

为什么比尔博·巴金斯会成为一个优秀的盗贼，帮助矮人们盗取巨龙的宝藏呢？这其实又是托尔金玩的一个文字游戏：“burgher”这个词指的是住在自治城镇（或在霍比特人的世界里住在地洞）的自由公民，这恰好说的就是比尔博·巴金斯。甚至burgher的衍生词bourgeois也意为平庸的中产阶级。

日耳曼语中的词根 burg 意为“土堆、堡垒、寨子”。

BURGHER（市民）——拥有房屋的人。

BURGLAR（盗贼）——抢劫房屋的人。

所以，我们就见证了一个每天无所事事的中产阶级的市民进入了一个史诗世界，转型成完全不同的角色——一个盗贼。但是，这还没有结束。在黑话里，Bagg 和 Baggins 还有其他的联系，而英国活跃的罪犯也常使用“bag”和“baggage”这两个词。以下三点值得注意：其一，bag 意为捕获、获得或者偷窃；其二，baggage man 指的是携带赃物或者赃款的人；其三，bag man 指的是用欺骗的手段或出于欺骗的目的收集和分发他人财物的人。

似乎托尔金为他的霍比特人英雄选择的姓名不仅帮助他自己塑造了比尔博·巴金斯这个人物形象，同时也耗费了他大量的精力去勾勒这位主人公的冒险旅程。

因为在《霍比特人》中，我们知道比尔博·巴金斯是矮人雇来偷取巨龙的财宝的，之后他就变成了搬运赃物的携赃者。然而在恶龙死后，由于在五军之战中产生了一些分歧，比尔博·巴金斯成了一个窃财者，将宝藏全部拿走分发给了所有的胜者。

（比尔博）中产阶级巴金斯→市民→职业盗贼→携赃者→

窃财者→（比尔博）英雄巴金斯

他的姓名意味着什么？ Baggins 这个姓氏意味着有一个叫巴金斯的霍比特人，居住在一个自治城镇的洞穴之中，他是个中产阶级普通市民，但后来，他受雇于他人并先后成为一个职业盗贼、携赃者、窃财者，最终成为最不像霍比特人的霍比特人：一个英雄。

咕噜与哥布林

“从前有个哥布林，他住在一个洞里。”这是托尔金小时候读过的一个故事里一首小曲的开头。这句话显然在他脑海中挥之不去，因为在几十年以后，托尔金在他的第一部小说当中写到了另一种身形矮小的穴居生物，并写下了非常著名的一句开场白：“从前有个霍比特人，他住在地洞里面。”

他读的故事是乔治·麦克唐纳写的《公主与妖精》。该书出版于1872年，主要写的是矮小的矿工和哥布林在地底隧道里发生的故事，这也强烈地预示了托尔金笔下的霍比特人和哥布林之间的隐藏矛盾。

霍比特人和哥布林似乎占据了同一个洞穴。

霍比特人和哥布林似乎都对脚很执着。

在托尔金的故事中，霍比特人的大脚很重要。在麦克唐纳的故事当中，哥布林的大脚也很重要。只不过原因不同。托尔金笔下的霍比特人的脚是强大且积极的象征。其实他对于脚的执念由来已久。

有趣的是，在 1915 年，托尔金还是个在牛津读书的学生时发表的第一首诗的名字就是《哥布林的脚》。此外，我们也很难忽略麦克唐纳对托尔金的影响，因为托尔金晚年时曾在一封信中写道，他笔下的哥布林都有着麦克唐纳式哥布林的特点，“除了他们的脚很软以外，我从来都没有相信过这一点”。麦克唐纳笔下的哥布林的唯一弱点就是他们的脚，因此矿工们踩住他们的脚，唱起咒语，打败了他们。

在托尔金的故事当中，咒语可以击退哥布林，但是他们的脚上却穿着铁鞋子。赤脚行走的是霍比特人。然而，在麦克唐纳的故事里，也写有这样的诗句：“从前有个哥布林，住在一个洞穴里；天天因为补鞋忙，鞋底却是一片空。”这首诗的韵脚有点谜语的意味。

谜面：为什么哥布林做的鞋子没有鞋底（sole）呢?

答案：因为哥布林本身就是没有灵魂（soul）的生物。

托尔金笔下的哥布林有铁鞋的保护，但他们都和麦克唐纳笔下的哥布林一样没有灵魂；而托尔金笔下赤脚的霍比特人与麦克唐纳笔下的哥布林也有共性，因为他们好像穿着没有底的鞋子。

令人感到好奇的是，麦克唐纳常把 goblin、hob 甚至是 cob 混用。（cob 源于德语的 kobold；来源于拉丁语 gobelinus 的 goblin 与英语中的 goblin 词源相符；hob 则源于英语的 hobgoblin。）

HOBBIT+GOBLIN → HOBGOBLIN

Hobgoblin——我们的“霍克斯波克斯词典”中 13 个单词的其中之一，对霍比特人这个物种的进化和《霍比特人》这部小说的发展都起到了至关重要的作用。Hobbit 是根词 hob 的小词形式（译者注：指词的一种形式。通常是带有“小”或“微”意的指小后缀，有时有昵称或爱称含意。指小后缀的作用类似于汉语的“小”和“点”，缩小或者减轻词根所表达的意义，常常起到缓和语气、表达亲切感和好感的作用，在口语中常用）。Hobgoblin 是一个合成词：

HOB——一种仁慈的精灵。

GOBLIN——一种邪恶的精灵。

因此，Hobgoblin（淘气鬼）通常是一种淘气的生物：要么是一个乖戾却善良的精灵，要么就是一个还能够得到救赎的邪恶精灵。不管是哪一种，淘气鬼都是一种矛盾的生物，常与人类主张的正义感格格不入。

更重要的是，淘气鬼本身便存在着对立含义，而这正是能够点燃托尔金小说当中戏剧张力的那簇火苗。

在 Hobgoblin 一词中，我们看到了善与恶之间力量的斗争。在托尔金的小说中，我们有 Hobbit 和 Goblin，两者都是小词形式，而且都是穴居生物，代表了善与恶之间力量的斗争。Hobgoblin 是一个充满魔力的词，它利用人们的想象力将 Hobbit（hob 的小词形式）和 Goblin 联系在一起，但至少还有一条线索让人们发散自己的创造性思维，意识到霍比特人和哥布林都是从同一个洞穴中走出来的。

咕噜是个淘气鬼

斯米戈尔 - 咕噜（Sméagol-Gollum）是个淘气鬼，他更像是一个哥布林，而不是霍比特人。如果比尔博 · 巴金斯是最初的霍比特人，那么斯米戈尔 - 咕噜就是一个反霍比特人。

起初，咕噜的名字是斯米戈尔。他是个霍比特人，从他的名字就能够看出他的性格，因为 Sméagol 的意思是“挖洞、钻进去”。他生性好动，爱刨根问底。他总是在挖掘、搜寻事物的根源，即使是挖洞，也要拐弯抹角地挖。

咕噜

英语中：smial[①] 意为洞穴。

古英语中：smygel → Sméagol 意为挖洞、钻进去。

霍比特语中：tran 意为洞穴；罗瓦尼安语中：trahan → Trahald 意为挖洞、钻进去。

斯米戈尔住在迷雾山脉以东古老的原始河谷里，那里是斯图尔族霍比特人的家园。斯米戈尔和他的兄弟德戈（Déagol）经常在那里钓鱼、探险。第一个在河底发现魔戒的其实是德戈。但斯米戈尔贪得无厌，杀了德戈，偷走了魔戒。

英语中：dial[②] 意为秘密。

古英语中：dygel → Déagol 意为秘密或藏匿。

霍比特语中：Nah 意为秘密；罗瓦尼安语中：nahan → Nahald 意为秘密或藏匿。

咕噜的秘密

Déagol 的字面意思是“秘密”。这就更说得通了，因为受了诅

① smial的读音与smile相同。

② dial和smile的尾音押韵。

咒的斯米戈尔一直坚持他自己才是魔戒的持有者。他最黑暗的秘密，就是他是通过谋杀、盗窃才得到这枚戒指的。

他既内疚又害怕，担心有人发现自己的秘密后会将戒指夺走。因此，吓坏了的斯米戈尔想把自己藏起来，于是在迷雾山脉的山脚下“挖了洞、钻了进去”。

斯米戈尔是咕噜

魔戒的邪恶力量将斯米戈尔的悲惨生活延长了几个世纪，也把他的性格扭曲得不成样子。从那以后，他便被称作咕噜，因为他说话的时候总会发出令人厌恶的喉音。咕噜变成了一个凶残的食人怪物，他害怕光线，总在环境阴冷的黑暗洞穴与泥沼中寻找可悲的慰藉。

咕噜是淘气鬼

斯米戈尔 - 咕噜其实是淘气鬼，但几乎完全变成了哥布林，或者用托尔金的话说，一个半兽人。的确，从托尔金的草稿中就能够知道，在写完《霍比特人》之后的一段时间里，他本人仍然不确定咕噜到底是半兽人还是霍比特人。

咕噜是行尸走肉

托尔金还是选择了霍比特人，但在很多方面，咕噜又很像半兽人，他特别提到了盎格鲁 - 撒克逊文学中（尤其是《贝奥武夫》）出现过一种恶魔，叫作 Ornaceas，意为行尸走肉。的确，咕噜就是一个活死人，或者说是一个被魔戒的魔力操控的“行尸走肉”。

傀儡人咕噜

在这种不死不活的状态下，咕噜也像是个傀儡人（Golem）。据传说，那是一种用黏土做的“弗兰肯斯坦式的怪物”，体形巨大，只知复仇，由巫师的咒语操控，意在消灭所有布拉格犹太人的敌人，但后来却变成了人人憎恶的毁灭万物的恶魔。

咕噜

第二部分

霍比特人的起源

霍比特人
英格兰诸郡
夏尔国
盎格鲁-撒克逊人
英吉利海峡
烈酒河
灰泛河

狂吼河
角地
迁移路线
响水河
迷雾山脉
迁移路线
阿尔卑斯山脉

霍比特人的遗产与历史

如果我们对比霍比特人和盎格鲁 - 撒克逊人的发展历史，就会发现一个明显的共性。二者的起源都迷失在遥远而巨大的东部山脉之外的时间迷雾当中。他们的祖先越过这些山脉，最终定居在土壤肥沃的河流三角洲地区。

而后战争爆发，入侵者迫使霍比特人离开了他们的家园——角地，那是一片位于响水河和狂吼河之间的楔形地带，他们越过烈酒河，来到了新的家园，后来该地被称作中土世界的夏尔国。

盎格鲁 - 撒克逊人的历史也极为相似。战争爆发后，入侵者逼迫他们离开家园——角地，那也是一块楔形地带，位于施莱湾和弗伦斯堡峡湾之间，而后他们跨越英吉利海峡，最终到达新家园，也就是英格兰。

此外，霍比特人一共分为三个种族或者说是三个部落：白肤族、斯图尔族和毛脚族。这三个种族与英国的撒克逊人、盎格鲁人和朱特人三个种族的划分也极为相似。

最后，我们发现创建夏尔国的霍比特人是马蔻（Marcho）和布

霍比特人与盎格鲁-撒克逊人的发展进程

	盎格鲁-撒克逊人	霍比特人
从最初的家园迁移，最初驻地位于……	阿尔卑斯山脉以东	迷雾山脉以东
向西迁移至河流三角洲的楔形地，常被称作……	角地	角地
再次向西到达新家园，名为……	郡	夏尔国
新家园的建造者，名为……	亨吉斯特和霍萨	马蔻和布兰科
起初的三大种族为……	撒克逊人、盎格鲁人和朱特人	白肤族、斯图尔族和毛脚族

兰科（Blanco）兄弟；而建立英格兰的盎格鲁-撒克逊人是亨吉斯特（Hengist）和霍萨（Horsa）兄弟。

MARCHO →马

威尔士语中：马（march）

盖尔语中：马（marc）

古英语中：马（mearh）①

BLANCO →马（白色）

古英语中：白马（blanca）

古斯堪的纳维亚语中：白马（blakkr）

HENGIST 在古英语中意为马（种马）

HORSA 在古英语中意为马

① 古英语mearh演变成现代英语mare（母马）。在中土世界，mearh是托尔金创作Mearas的灵感来源，Mearas是一种高贵的白色马种，常作为赛马或战马。

霍比特人的种族或血统

和盎格鲁 - 撒克逊部落一样，所有霍比特人都有一些共同的特点。我们已经知道“Hobbit”这个词包含的元素和由其联想出的事物是如何影响塑造霍比特人的种族特征与性格特征的，那么毛脚族（Harfoot）、白肤族（Fallohide）和斯图尔族（Stoor）这三个名字也影响了霍比特人及其世界的发展。

毛脚族

毛脚族人体形最小，是最典型的霍比特人：拥有霍比特人的标准身高、棕色皮肤、卷发、脚上长毛，住在洞里。毛脚族人占霍比特人的人口比重是最大的。他们的生活习惯非常保守，是霍比特人中最不喜欢冒险的一族，即使他们曾与一些四处游荡的矮人做过一些交易。他们喜欢宁静的乡村生活，尤其喜欢生活在山坡上、农田边和牧场中。毛脚族是天生的农民和园丁。

毛脚族这个名字最适合也最能够高度概括这一最典型的霍比特人种族，最初适用于所有霍比特人。

Harfoot 是一个英文姓氏，源自古英语的一个绰号或昵称，意思是飞毛腿。这在盎格鲁 - 撒克逊人当中是个很常见的绰号，通常意为“跑得快”或“像兔子一样敏捷”。

这的确能够准确描述霍比特人的特点，但也是个显而易见的玩笑话：这是一个双关语，利用了 hare（野兔）和 hair（头发）的谐音。霍比特人除了天生脚力好、行动敏捷之外，他们的脚像兔脚一样，也长毛。也就是说，霍比特人的脚就像兔子的一样又大又多毛。

白肤族

白肤族是霍比特人第二个种族或血统的名字。他们来自森林，是人口数量最少的种族。他们是霍比特人当中最不循规蹈矩又最爱冒险的种族，也最有可能与精灵为伍。他们的皮肤是三个种族中最白皙的，而且通常比其他种族的霍比特人更高更瘦。

Fallohide 这个名字可以从 Falo-Hide 这个角度来理解：falo 在古高地德语中意为淡黄或泛红的黄色，也就是梅花鹿的颜色；hide 指皮肤或毛皮。有了这种说法，就可以合理地用它来描述金发、白皮肤的白肤族霍比特人了。从不同的词根中，我们还可以找到对 Fallohide 的另一种解释。Fallow-Hide：fallow 在古英语中指的是“新开垦的土地”，而 hide 的意思是“悄悄地躲在视线之外的地方”。hide 也是旧

毛脚族人

白肤族人

时的一种面积单位，用来测量一个家庭的土地面积是否够大——1 单位相当于 0.4 平方千米。

可能这两种解释都很适用。第二个适合解释所有霍比特人都具有的共同特点：热爱新开垦的土地，天生能够借地形隐藏自己，让人几乎看不见。而第一个则暗示了白肤族的体态特征，使人们能够将他们与其他霍比特人种族区分开来。此外，Fallohide 这个名字难免会让人想到白肤族喜欢“跟着藏起来”，有着好玩的天性，就像喜欢捉迷藏（Hide and Seek）一样。

斯图尔族

斯图尔族人是霍比特人中体形最大、最强壮，也是最像人类的一族。他们喜欢生活在河底和沼泽地带。他们不像是霍比特人，因为他们偶尔会穿鞋子，其样式像矮人穿的矮筒靴。

同样，令其他霍比特人也感到大为惊讶的是，有些斯图尔族人的脸上竟可以生出毛发，尽管没有什么种族的胡须能比人类和矮人的更浓密。

Stoor 一词似乎来源于中世纪英语 stur 和古英语 stor，意为“坚硬的”或“强壮的”。这也能够帮助人们区分体形和力气较大的斯图尔族与较矮的毛脚族、较轻的白肤族。

斯图尔族人是霍比特人的一个种族，他们的外貌、栖息地和职业都很独特。人们能够区分开斯图尔族人与其他霍比特人，是因为斯图尔族人不怕水，而且是唯一一个有过游泳或划船想法的种族。由于适应了水和船，他们能够和其他霍比特人交易、运输货物，并与中土世界许多国家的人进行贸易，也因此变得非常富有。

和所有的霍比特人一样，斯图尔族人也喜欢囤积东西，他们从不扔掉任何东西。因此，Stoor 这个名字是作者故意做了一个双关，暗示他们的特点。

这些霍比特人“stoor”或“store”(储存)货物。但是,更具体地说，他们是苦行者或积货者，就是那些打包搬运货物的人，尤其是指在船上装载货物的人。许多斯图尔族人都是在巴寇伯理的船上和仓库里装载货物的。有些是船商和商人，他们也经营商店。

就像在讨论与霍比特人相关的词汇时所说的，霍比特人可分为两种。毛脚族和白肤族与封建地主或佃农有关，他们平时是农夫，在战争期间参加志愿民兵，而斯图尔族则与河上或运河上的船工有关，他们通常是用绳子沿着河岸或划船牵动驳船。

霍比特人的三个种族或部落：

毛脚族、白肤族、斯图尔族

斯图尔族人

每个种族都与外族结盟：

矮人、精灵、人类

每一种语言都源于人类：

北欧人、凯尔特人、罗马人

每个种族都与一个英国种族相似：

撒克逊人、盎格鲁人、朱特人

霍比特人的种族

	毛脚族（HARFOOT）	白肤族（FALLOHIDE）	斯图尔族（STOOR）
名称	Harfoot：源自古英语中的绰号飞毛腿。Hare-foot：在盎格鲁-撒克逊语当中是很常见的绰号，通常意为“跑得快”或“像兔子一样敏捷”。	Falo-Hide： falo，古高地德语中意为淡黄色。 hide，意为皮肤或毛皮。 Fallow-Hide： fallow，古英语中意为新开垦的土地。 hide，古英语中意为一种面积单位。	Stoor： stur，坚硬的，中世纪英语。 stor，强壮的，古英语。 strong，强壮的，现代英语。
笑话	Harefoot（毛脚族）→Hare-foot（飞毛腿）→Hair-foot（长毛的脚）	Follow-Hide：Hide and Seek（捉迷藏）	Stoor→stower（收藏家）→store（储存）
典型衍生	Brown（棕色）是毛脚族人头发与皮肤的颜色。其他如Sandheaver（挑沙夫）、Tunnelly（隧道）和Burrows（洞穴）等名字暗示他们建造霍比特人的洞穴小屋。Gardner（园丁）、Hayward（家禽看管员）和Roper（编绳工）等名字则告诉我们毛脚族人有哪些典型职业。	Fairbairn（金发孩童）、Goold（金色）、Goldworthy（金贵的）等家族姓氏都暗示了白肤族人的金色头发。Headstrong（刚愎自用的）和Boffin（研究员）等名字暗示了他们与众不同、天生独立并且充满智慧。	Puddifoot是一个斯图尔族名字，暗示着“踩在水坑里的脚”，或者喜欢待在水里的人。然而，作为一个英国姓氏，它最初意为布丁桶（或其他鼓形桶），暗指一个人有一个大肚子。这个词让我们立刻想到：体形大、身材胖、爱玩水。Banks（河岸）这个名字暗指喜欢住在河边的霍比特人。其他的名字，如Cotton（棉花）、Cottar（农场雇工）等，可能也是源于斯图尔族人，因为他们都是“Cottager”（佃农）的意思。斯图尔族人是第一个从洞里钻出来住在房子里的霍比特人。

梅里雅达克·烈酒鹿、皮聘·图克和汤姆·邦巴迪尔（老林子的主人）

祖先与建国者

继夏尔国的建国者马蔻和布兰科兄弟之后，最早记录在案的霍比特人是泽地的布卡。一般认为，泽地的布卡是夏尔国的第一任索恩（即领主），也是霍比特人武装部队的指挥官。这个头衔是世袭的，在将近四个世纪的时间里，所有后来的领主都是从布卡传下来的。在英格兰早期历史上，领主的头衔和地位几乎与霍比特人的领主的头衔和地位完全相同。同样，英格兰的领主也属于贵族阶层，介于普通自由民和世袭贵族之间。

布卡也是第一个伟大的霍比特家族——老雄鹿家族——的创始人。事实上，老雄鹿家族是最早使用姓氏或家族姓氏的霍比特人家族。

老雄鹿这个姓氏的由来很简单。布卡年纪很大的时候，人们亲切地称他为老巴克（巴克为雄鹿的音译）。随着时间的推移，老巴克和索恩这两个称呼经常被混淆，最后，老巴克成了和索恩地位相同的头衔。在接下来的几代人当中，布卡的所有后代都用老巴克（老雄鹿）来尊称布卡，同时也尊称当时的领主。

索恩→布卡→老布卡→老巴克→老雄鹿→领主

然而，霍比特人生来就有幽默感。因此，在老巴克后代的故事中，不得不加入一个语言笑话。霍比特人中最古老、最上层化的家族被称为老雄鹿，这是相当合乎逻辑的。毕竟，众所周知，在大多数社会中，已确立的绅士阶层不可避免地被称为“继承祖传财产的人”（old money），而 money（钱）指的就是 dollar（美元），而 dollar 的意思就是 buck（钱）。

OLDBUCKS（老巴克后代）→ Old Money（继承祖传财产的人）→

Old Dollars（继承美元的人）→ Old Bucks（继承钱的人）→

OLDBUCKS（老雄鹿家族）

泽地的布卡创造了老雄鹿或 Zaragamba（早期霍比特语中的老雄鹿）这个姓氏，它最终演变成更著名的家族名称烈酒鹿（Brandybuck）或 Brandagamba（早期霍比特语中的烈酒鹿）。

（霍比特语）OLDBUCK（老雄鹿）

（早期霍比特语）Zaragamba → zara（老）+gamba（鹿）

（霍比特语）BRANDYBUCK（烈酒鹿）

（早期霍比特语）Brandagamba → branda（边界）+gamba（鹿）

雄鹿地与烈酒厅

在夏尔国建立七个世纪后，夏尔的第十二位索恩——高恩达德·老雄鹿（Gorhendad Oldbuck），放弃了他的头衔和老雄鹿家族的自治领地。“高恩达德”是烈酒鹿家族的第一个名字，也是雄鹿地（Buckland）的第一个主人。它在威尔士语中的意思是“曾祖父”（字面意思是“gor-hen-dad”，意为“很老的父亲”）。

他带领他的人民越过烈酒河（烈酒河是一条边境河流），在夏尔以东开拓领地，并定居在一片新的、肥沃的土地上。高恩达德·老雄鹿很快就建立了新的自治领地，并以家族祖先的名字将其命名为雄鹿地，即“布卡的土地”。

在雄鹿山上，在烈酒河边，高恩达德·老雄鹿建造了新的家族建筑。这里后来被称为烈酒厅，高恩达德·老雄鹿也很快就被人称为雄鹿地的主人。他也是一个新王朝的奠基人，因为雄鹿地建成后，老雄鹿家族便更名为烈酒鹿家族。

烈酒鹿家族

烈酒鹿这个名字在很大程度上塑造了这个家庭的性格。一方面，烈酒鹿家族的霍比特人因其高超的领导才能、高昂的精神和坚强的意志而受到钦佩；另一方面，他们被（不那么大胆的）霍比特人批评，认为烈酒鹿家族相当狂野、本性鲁莽。

BRANDY

意为坚强的意志；源于 firebrand（燃烧的木柴）。

BUCK

意为在鹿群中的领头鹿，也可指年轻的野人或者“年轻的血液”。

毋庸置疑，烈酒鹿家族本性浮华。他们总是精神抖擞，会在晚上的闲谈中点上几杯白兰地边喝边聊。

他们也常会被人说行为鲁莽，因为他们生活在夏尔国的上流社会之外。他们无畏地越过烈酒河的“无主水域”，定居在雄鹿地的荒野“无主之地”。

美丽拉·烈酒鹿

雄鹿地和白金汉郡

霍比特人的雄鹿地和英格兰历史丰富、地理位置优越的白金汉郡之间有着词源上的联系：

夏尔国的 BUCKLAND（雄鹿地）

英格兰的 BUCKINGHAMSHIRE（白金汉郡）

布卡是夏尔国雄鹿地早期霍比特人的祖先，另一个叫作布卡的人是白金汉郡的盎格鲁 - 撒克逊人的祖先。对于霍比特人来说，布卡实际上是一个头衔，而不是一个专有的名字，意为烈酒鹿家族的祖先。

BUCCA 在早期霍比特语中意为雄鹿或者公羊，
在古英语中意为雄鹿（stag）或者公羊（ram）。

布卡这个名字出现在英国的历史上，也出现在霍比特人的夏尔国的土地上。霍比特人布卡的名字遍布整个夏尔国：雄鹿地、雄鹿山、烈酒厅、巴寇伯理渡口等。

同样，许多古英语地名都与盎格鲁 - 撒克逊人的祖先布卡有关：白金汉（Buckingham），意思是布卡追随者的河边牧场；巴克敏斯特（Buckminster），意思是布卡的教堂；巴克纳尔（Bucknall）意为布卡的隐匿之处；巴克尼尔（Bucknill），意思是布卡山；巴克顿（Buckton），意思是布卡的农场。

雄鹿地与书场

奇怪的是，虽然历史悠久的白金汉郡与雄鹿地的背景极为相似，但雄鹿地这个具有历史意义的英文名字与任何一个叫布卡的盎格鲁-撒克逊的领主都没有关系。

boc 书（古英语）→ buck 钱（中世纪英语）→ book 书

在真实的历史和地理意义上的大不列颠，“雄鹿地”通常指的是书场，也就是“书之地”或“教会或王室特许拥有的土地”。在英国有 20 多个这种土地（大部分在南部），所有这些都是书场。没有人关心叫布卡的人，也没有人关心雄鹿或公羊。

BUCKLAND → Bookland → Charterland

“雄鹿地”（Buckland）通常指的是书场（Bookland），

也就是“书之地”或“教会或王室特许拥有的土地”。

雄鹿地与幻境

然而，雄鹿地和整个夏尔国都是特许的土地，其被霍比特人占领，他们拥有的权利是由北方至高王授予的。

从另一种意义上说，雄鹿地、夏尔国和所有中土世界都是“书地”，因为它们完全是托尔金在他的书中虚构的土地。

雄鹿地→书地→幻境

烈酒厅

雄鹿地的第一任领主高恩达德·烈酒鹿也被称为“大厅领主”，因为他是烈酒厅的建造者，而烈酒厅是雄鹿地最令人印象深刻的建筑。这座霍比特建筑有 3 扇巨大的前门和 20 扇较小的门，位于烈酒河上方的雄鹿山山脊上凿出的多道水平陡坡上，里面居住着 200 多个烈酒鹿家族的人。

黄昏时分乘渡船渡过烈酒河到夏尔去的旅客，有时会惊讶地看到雄鹿山西侧黑漆漆的山脊突然发出金子般的光芒。

事实上，这金灿灿的墙壁是夕阳倒映在烈酒厅上百扇圆形窗户上的景象。

烈酒厅

虽然雄鹿地的领主住在烈酒厅，但这里并不是巴寇伯理中心城镇的确切位置。烈酒厅是在位于河边的雄鹿山的西侧挖出来的。巴寇伯理的商店和房屋实际上是在雄鹿山的侧翼，就在烈酒厅的东面。雄鹿地还有其他城镇，如新布里、石洞村和篱尾，但巴寇伯理是其中面积最大的。

烈酒河

烈酒河

在英语中，这条河的名字可以翻译成金棕河或边境之河。然而，它起源于精灵语。

BARANDUIN RIVER

精灵语中的 baran，指金棕色；duin，意为大。

（可以用来简单描述一条金棕色的大河。）

BRANDA-NIN

霍比特语中的 branda，指边界；nin，意为水。

（霍比特人误读了精灵语，把意思改成了边界之河或一条标志着夏尔国边界的河。）

BRALDA-HIM

霍比特语中的 bralda，指令人头晕的；him，意为麦芽酒。

（这里是个霍比特语的笑话：作者用了 border 的双关语，这条河因其多泡而且河水呈棕色而成为烈酒河。）

图克地与大斯迈尔

在老雄鹿人迁移到烈酒河以东并建立了雄鹿地之后，夏尔国的霍比特人中出现了一位强大的新领袖。他的名字叫埃松布拉斯·图克（Isumbras Took）。Isumbras 是一个古英语名字，意思是铁臂。不久后，他就被任命为埃松布拉斯一世，夏尔的第十三位领主，也是第一个来自图克家族的领主。随着领主头衔转移到图克家族，白肤族的图克家族成为夏尔国最重要的家族。在那之后的几个世纪里，领主这个头衔也同时代表了图克家族的首领。霍比特人有时称呼他们为领主索恩，有时称为老图克。

BUCCA（布卡）

巴克（Buck）→老雄鹿（Oldbuck）→烈酒鹿（Brandybuck）→雄鹿地（Buckland）→巴寇伯理（Bucklebury）→烈酒厅（Brandy Hall）

TUCCA（图卡）

Great Smials（大斯迈尔）→ Tuckborough（塔克镇）→ Tookland（图克地）
→ Took（图克）→ Tûk（图克）→ Tuck（塔克）

图克家族的起源

托尔金并没有告诉我们图克地的开拓者和图克家族的祖先到底是谁。然而，如果我们把布卡看作是老雄鹿家族和烈酒鹿家族的祖先，我们可以做一些语言学上的推断，很快就能找到答案。

托尔金给了我们一些线索。据我们所知，图克家族住在图克地塔克镇的大斯迈尔，早期的名字叫作塔克（Tulc）。如果我们将其与雄鹿地巴寇伯理的烈酒厅（烈酒鹿家族的所在地）和其早些使用的名字老雄鹿进行比较的话，可以看到二者是平行发展的。正如烈酒鹿 / 老雄鹿家族的祖先是巴克或者叫布卡一样，图克 / 塔克家族的创始人一定是图克或者图卡。

的确，这些家族的同名祖先原本是兄弟，这似乎很合乎逻辑：泽地有两兄弟叫作布卡和图卡，雄鹿地和图克地就是以他们的名字命名的。

图克家族

图克这个名字本身便在很大程度上决定了这个家族的特征。这个家族以其大胆的白肤族人的本性和带有传奇色彩的个性著称。如果我们观察老图克的后代，就会发现这些特征与图克这个名字有关。

作为英语姓氏，图克和塔克都源于古斯堪的纳维亚语，意为雷声。它们都是古斯堪的纳维亚语 thorkil 或 thurkettle 的小词形式。英语单词“took”，作为“take”的过去式，用在姓氏当中也是十分大胆直接。这个单词也源自古斯堪的纳维亚语 taka，意为“抓住”，但通过古英语 tucian 进入现代英语之后，就改意为“打扰、折磨”。

TOOK 和 TUCK

（源自古斯堪的纳维亚语的英语姓氏）

THORKIL 的小词形式，意为托尔山或雷山，即雷神山；

THURKETTLE 的小词形式，意为托尔的水壶或雷的器皿，

即雷神的祭祀釜。

然而，图克这个名字也有它柔软的一面。塔克（Tuck）和图克（Took）这两个名字也蕴含着一种更朴实、更像霍比特人的天性。正如我们发现巴金斯的意思是“大量的零食，下午茶”一样，我们发

现图克家族的名字也有类似的意思（毕竟他们是亲戚，图克一家和巴金斯一家经常一起“大吃一顿下午茶”）。塔克被定义为“食物，可食用的，尤其是蛋糕和糖果”。所以便有了 tucker 这个词，这是澳大利亚俚语，一般指食物；还有 tuck shop，意思是学校里的糖果店或蛋糕店。

塔克这个名字的意思很可能和罗宾汉传说中那个著名的胖子塔克修士的名字有关。的确，如果塔克修士的身高只有他实际身高的一半左右，他那搞笑的举止、圆圆的身材和旺盛的食欲，就会使他成为一个真正的图克家族的霍比特人。

除此之外，塔克修士和图克家族的霍比特人都被认为是用弓箭的好手。

塔克镇的大斯迈尔

在夏尔国建立后的第一个千年末期，第二十二代领主，也就是图克家族的第十个索恩——埃森格林二世（Isengrim Ⅱ）开始在图克地的绿色山丘下挖掘地洞。这个被称为“大斯迈尔”（或大地道）的挖掘工作，是在绿色山丘高耸而起伏的悬崖深处进行的。在地道下面，有着布满隧道的巨大壁垒；在其底部，是塔克镇的其余部分，是夏尔国人民最大的定居点。

埃森格林（Isengrim），意为凶猛的铁，这个名字恰恰适合塔克镇大斯迈尔的首席建筑师。埃森格林二世可能把大把的时间都花在了亲近矮人上，因为他的想象力似乎被远大的抱负所激发，而这些抱负远远超出了一个理智的霍比特人该有的范围。也许是图克这个名字本身激发了埃森格林的灵感。图克镇的这些大地道也可以称为建在图克家族的“雷神之山”悬崖上的一个图克家族的“雷神之釜”。

大斯迈尔无疑是霍比特人最接近不朽的建筑。它们构成了图克家族的主要家园，图克家族无疑是夏尔国最大、最富有、最招摇过市的霍比特人家族。

大斯迈尔

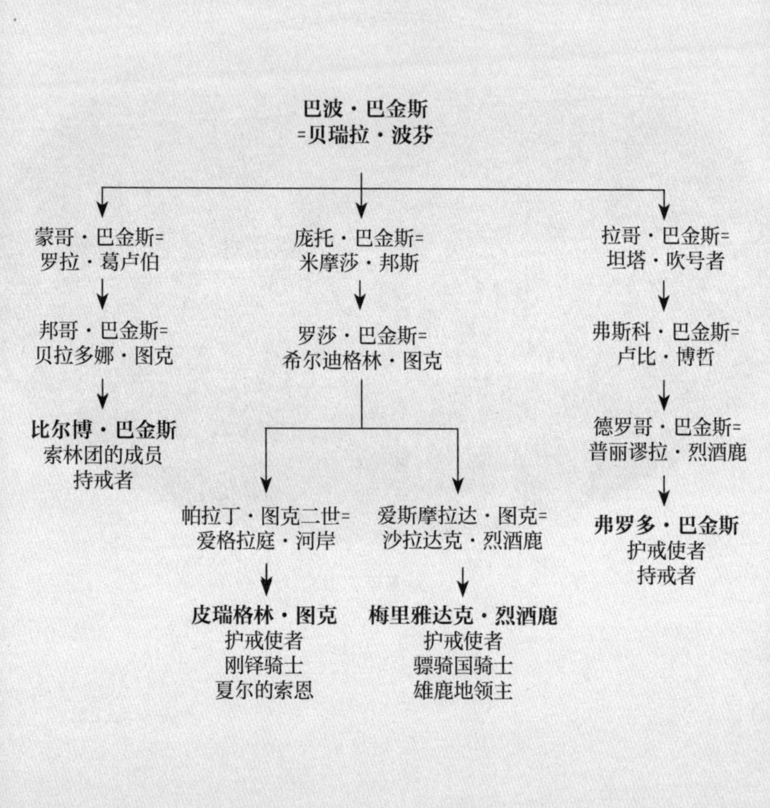
巴金斯家族族谱
巴波·巴金斯
=贝瑞拉·波芬
蒙哥·巴金斯=
罗拉·葛卢伯
庞托·巴金斯=
米摩莎·邦斯
拉哥·巴金斯=
坦塔·吹号者
邦哥·巴金斯=
贝拉多娜·图克
罗莎·巴金斯=
希尔迪格林·图克
弗斯科·巴金斯=
卢比·博哲
比尔博·巴金斯
索林团的成员
持戒者
德罗哥·巴金斯=
普丽谬拉·烈酒鹿
帕拉丁·图克二世=
爱格拉庭·河岸
爱斯摩拉达·图克=
沙拉达克·烈酒鹿
弗罗多·巴金斯
护戒使者
持戒者
皮瑞格林·图克
护戒使者
刚铎骑士
夏尔的索恩
梅里雅达克·烈酒鹿
护戒使者
骠骑国骑士
雄鹿地领主

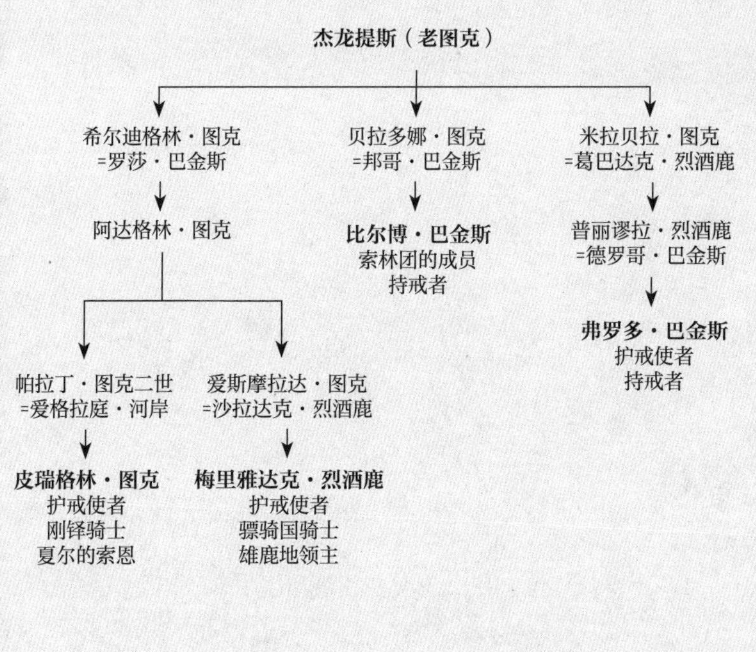
图克家族族谱
杰龙提斯（老图克）
希尔迪格林・图克
=罗莎・巴金斯
贝拉多娜・图克
=邦哥・巴金斯
米拉贝拉・图克
=葛巴达克・烈酒鹿
阿达格林・图克
比尔博・巴金斯
索林团的成员
持戒者
普丽谬拉・烈酒鹿
=德罗哥・巴金斯
弗罗多・巴金斯
护戒使者
持戒者
帕拉丁・图克二世
=爱格拉庭・河岸
爱斯摩拉达・图克
=沙拉达克・烈酒鹿
皮瑞格林・图克
护戒使者
刚铎骑士
夏尔的索恩
梅里雅达克・烈酒鹿
护戒使者
骠骑国骑士
雄鹿地领主

第三部分

夏尔国
的
土地与地道

霍比特人与他们的土地

霍比特人是英格兰的神灵。托尔金认为他们是盎格鲁 - 撒克逊人的大地精灵，与土地本身联系最为密切。从字面上看，他们生活在土地之中，而且在许多方面都有着英国人的基本特性。

毕竟，霍比特人是 holbytla（造洞人和穴居者），所以他们的第一本能是在土地上工作，这一点是说得通的。因为他们与土地联系紧密，所以他们非常了解植物和动物的生活。他们可以在农场、果园和花园中种植任何东西，有些人类无法适应的土地条件，霍比特人都能够得心应手地处理。

因此，毫不奇怪，霍比特人历史上最著名的人物之一是园艺家。SR 1070 年是所有霍比特人都知道的一个日子，因为在这一年，著名的霍比特人农场主——长底的托伯·吹号者——成功完善了香格里纳烟草的种植和养护。

香格里纳烟草是一种类似于花烟草或烟草植物的草本植物，但显然没有现代烟草的害处大、毒性强。

老托比的发现就是烟草，这代表着一个行业和一个传统的开始，

托伯・吹号者

而霍比特人则是这个行业中骄傲的发明家和这个传统中最专注的践行者。

继老巴克之后，老托比算得上是霍比特早期历史上最著名的一位了。当然，这个名字是一个典型的托尔金式笑话：他暗示在我们语言当中的“tobacco”（烟草）一词起源于老托比（Old Toby）——这个最开始吸烟的霍比特人。

Old Toby（老托比）或者 Tobold Hornblower（托伯・吹号者）→
TOBACCO（烟草）

他的名字还暗示着他的名誉与声望。托伯这个名字源于西奥博尔德（Theobald），意为“无畏者”，或者从字面上看意为“过于大

胆"，一个非同凡响的人物。而托伯的姓氏则暗示了托伯与一些爱慕虚荣的名人有一些相同之处。

但是，吹号者（Hornblower）这个名字其实指的是一种英国的职业，从业者每天为工人们吹响号角，提醒工人们开始或者停止工作。此外还有一个逻辑上的联系，那就是当人们提到使用角管吹烟圈的人时，就会联想到用发明烟管吸烟的人的名字吹号者来形容他们。

TOBOLD HORNBLOWER → Tobold（托伯）→ Old Toby（老托比）→ Tobacco（烟草）→ Too Bold（过于大胆）→托伯·吹号者

烟草与茶叶，霍比特与棕仙

关于霍比特人，有一件非常奇怪的事。托尔金耗尽心血把他们塑造成旧英格兰的精灵（指的是真正的盎格鲁 - 撒克逊人的旧英格兰），却常常因为展现出英国在维多利亚时代或爱德华时代特有的时代特点而造成错位。19 世纪和 20 世纪的英国最典型的代表便是烟草与茶叶，但这却是在旧英格兰极少见到的东西。烟草与茶叶，一个来自美国，一个来自印度，这些地区完全不为盎格鲁 - 撒克逊人所知，但维多利亚时代的人们却很熟悉。

但无论时代如何，托尔金的霍比特文化都是英国文化的精华。这些时代错位是有意的，意在幽默，但同时也展示了霍比特人这种大地精灵庇护着英格兰被驯化的那片土地，而不是英格兰原始的野生土地。这就是为什么托尔金笔下的霍比特人起源于英国的小妖怪，但在语言上却与英国早期的精灵——棕仙——截然不同。

很容易看出，霍比特人在一些方面都是以旧时英国的山民为原型的。棕仙是一种体格娇小的生物，生活在土地里，行踪难以捉摸，但通常乐于助人。

然而，棕仙本质上是凯尔特人，而霍比特人则完全是英格兰人。托尔金笔下的霍比特人是爱喝茶、抽着烟斗的中产阶级，这与有着凯尔特人特质的棕仙的那种相当狂野、非中产阶级的特点截然不同。

霍比特人

从霍比特人布卡到布克山的帕克

有一个故事无疑影响了托尔金的写作，那就是拉迪亚德·吉卜林（Rudyard Kipling）的《布克山的帕克》（*Puck of Pook's Hill*）。这是莎士比亚笔下的帕克的故事，他们是山区居民的最后几个幸存者。他们身材矮小，有着棕色皮肤和蓝眼睛，长着雀斑，身高只有61~91厘米，住在古老的“空心山脚下”的密室里。

在吉卜林的故事中，我们了解到帕克族的人民曾经是强大的异教神，他们带着第一棵橡树、白蜡树和荆棘树来到了英国。但后来所有的大森林都消失了，只有少数的帕克幸存了下来，躲在英格兰的丘陵和洼地里。

帕克族人与霍比特人极为相似。除这一点外，在帕克对旧世界没落的荣耀的悼念之中，还有对于半精灵埃尔隆德、汤姆·邦巴迪尔和树精树胡子的描述。但如果我们想知道帕克族人和托尔金的霍比特人之间真正的相似之处，只需要看看帕克这个名字的演变过程。

从莎士比亚到吉卜林，帕克（Puck）这个名字已经成为英格兰的淘气精灵（并非恶意的描述）或妖怪的传统名字。

那么，这个名字从哪儿来的呢？

PUCK 指的是中世纪的英国的一种淘气精灵，

PUCKEL 或 PUKA 指的是旧时英格兰的一种淘气精灵，

PUCCA 或 POOKA 指的是旧时爱尔兰的一种淘气精灵，

BUCCA 或 BWCI 指的是旧时康沃尔或威尔士的一种淘气精灵。

这里我们能够看到，人们将凯尔特语中形容淘气精灵的布卡（Bucca）转化成英语中形容淘气精灵的帕克（Puck）。然而，霍比特人的创始人之一被称为布卡并非偶然。这是另一个隐晦的霍比特式的笑话：托尔金暗示，在霍比特人布卡身上，我们看到了英国精灵的原型，而帕克只是简单地模仿了这种生物，莎士比亚和其他人也不能理解得十分透彻。

与之类似，但托尔金的理解更为深刻，他把布卡和帕克联系起来，告诉大家他打算用一个相似的转化过程，将凯尔特的棕仙转化成英格兰的霍比特人。

渡口

夏尔国与米丘窟

夏尔国是霍比特人的家园：那是一片绿色宜人的土地，有秩序井然的农场和山地村庄。河流与小溪流过，灌溉土地，那里还有茂盛的草地、灌木篱笆和茂密的林地。夏尔国位于中土世界的中心地带，而英国的郡也是英格兰的中心地带。

“shire”一词来源于古英语 scir，在诺曼征服之前，scir 是盎格鲁 - 撒克逊政府的主要组成单位（后来被称为郡县），由郡治安官控制。

最初，郡治安官被称为 Shire-reeve（scirgerefa），他是国王的代表和地方行政的最高官员。13 世纪以后，随着郡法院和地方官员的出现，他的权力逐渐减弱。尽管治安官仍然是国王手下的主要官员，但他的存在很大程度上仅仅是一种仪式了。

从组织层面上讲，夏尔国也很像英国的郡，有市长、民兵、议会和警长。它也有着与英国相似的民间传统，比如英国春天、仲夏和秋天的庆典，集市和节日等。

和英格兰一样，夏尔的居民对君主政体也十分忠诚，也不信任所有外来因素；对传统也毫无疑问地接受，这几乎就是顽固的保守派。事实上，托尔金承认，他笔下的夏尔国在很大程度上是以维多利亚女王统治期间的最后几年，位于英国中部的郡县（尤其是牛津郡）为蓝本的。在许多方面，认为当时的英格兰正处于权力的顶峰时期是一种理想化的（但略带讽刺意味的）想法。

夏尔国的布局

夏尔国的实际形状和地形似乎是由霍比特人控制的，或者更确切地说，是由单词 hob 控制的。hob 是我们的“霍克斯波克斯词典”的第一个单词，它是整个列表中拥有最多同音异义词的单词。其中“辐条向外辐射的轮轴或轮毂”这个定义在地理上描述了夏尔国这个霍比特人的家园的地形，包括其外部边界和内部分区。

HOB

辐条向外辐射的轮轴或轮毂。

夏尔的形状像一个不稳定的老式古董儿童自行车，轮子的四个大辐条从轴上呈放射状延展，把夏尔分成四个地区，称为“夏尔的四区”（the Four Farthings）。这很符合逻辑，因为“farthing”（法新，也意为 1/4 便士）源于古英语的 feorthing，意思是第四或第四部分。

这是因为银币的背面有一个十字记号，而每个 1/4 都是一个“法新”。夏尔的中心地带有一块巨大的立石，被称为“界石”。

后来，在夏尔的四区之外，又开垦出了“东境”和“西境”，即雄鹿地和塔丘。

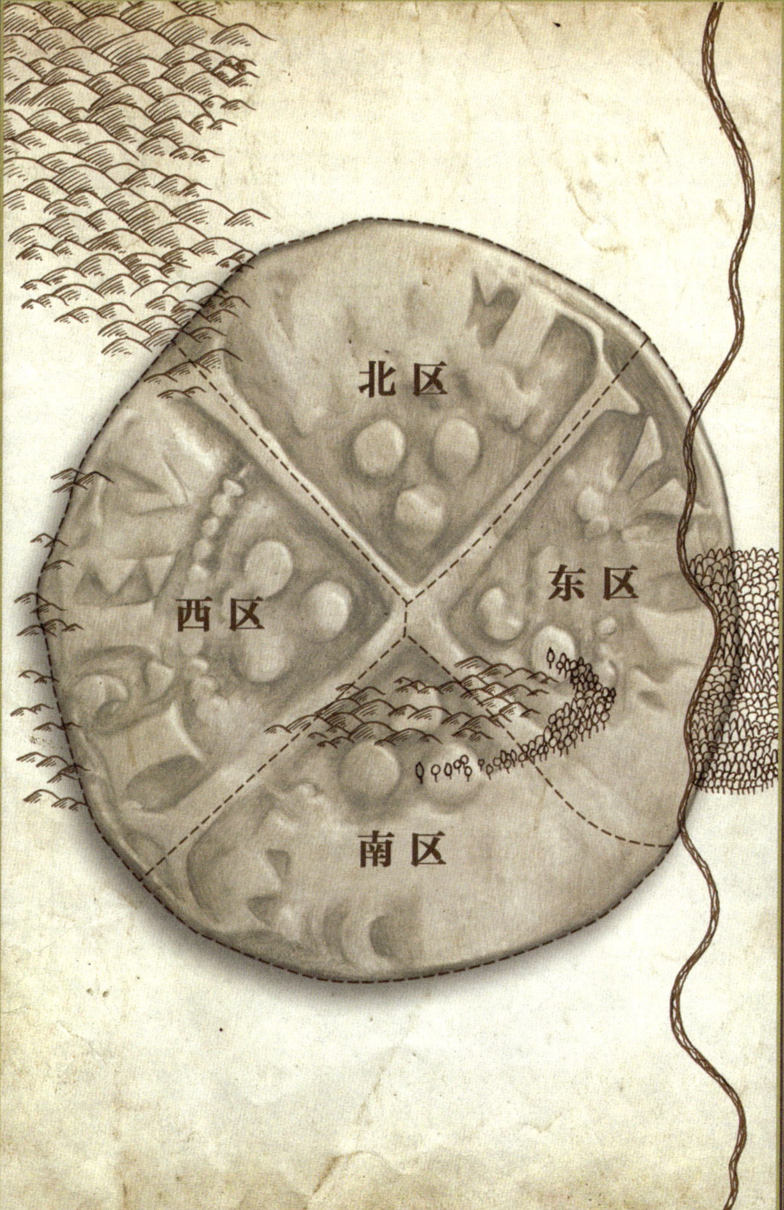
北区
西区
东区
南区

夏尔国内的地名

夏尔国很多地点的名字都能够在如今英格兰的地名中找到，因为它们都有着相同的奇特来源。比如英格兰和夏尔国都有一个叫作诺伯特（Nobottle）的地方，对现代人来说就感觉是个笑话，因为它听起来像是温和的霍比特人“失去了瓶子”或者引申为“失去了勇

米丘窟的白崖

气”。事实上，Nobottle是一个古英语复合词，是niowe或new，加上botl或house的复合形式，也可以称之为纽豪斯（Newhouse）、牛顿（Newton）或纽伯里（Newbury）。

事实上，在离法新斯通不远的北安普敦郡，离托尔金位于牛津的家只有56公里远的地方，就有一个真的诺伯特。而且，在牛津以

南仅 40 公里的地方就是伯克郡的纽伯里（Nobottle 的另一种变体），离巴克兰不远。

我们也可以用同样的词源史来解释为什么霍比特人的夏尔国与英格兰的郡之间有许多相同的地名，比如邓哈罗（Dunharrow）、格拉登（Gladden）、西尔弗罗德（Silverlode）、利姆莱特（Limlight）、威温德尔（Withywindle）、切维尔（Cherwell）、布里（Bree）、康贝（Combe）、阿切特（Archet）、切特伍德（Chetwood）、巴克伯里（Bucklebury）、里奇福德（Budgeford）、哈波特（Hardbottle）、奥茨巴顿（Oatbarton）、斯托克（Stock）、弗罗格莫尔顿（Frogmorton）、萨克维尔（Sackville）等。

夏尔的山丘

夏尔国的国都

夏尔国的国都是位于白岗的米丘窟（Michel Delving）。米丘窟这个名字可能是仿照查尔斯·狄更斯（Charles Dickens）的小说写的一个霍比特式的笑话。有人可能会说，人类有“伟大的期望”，而不那么雄心勃勃的霍比特人则满足于“伟大的挖掘”（michel 在古英语中意为“伟大”，而 delving 则意为“挖掘”）。

米丘窟建立在雄伟的白岗的高耸山脊之上，是建造坚固地道的理想位置，也是郡治安官或郡市长的官邸。那里有着夏尔国最大的礼堂，被称为市政洞（典型的霍比特式幽默）。在这里可以找到夏尔国的霍比特人所需要的任何公民和社会服务。

米丘窟是重要的商业中心，也是每年许多节日庆典和博览会的举办地。这些活动由市长主持，他同时也是警长和邮政局长。因此，这座城市中也有很多的市政办公室：邮局、信差服务机构、夏尔警察局（也被称为监视厅），以及马松屋（也就是夏尔博物馆）。

米丘窟的一位值得一提的市长是在魔戒圣战期间任职的威尔·威特福（Will Whitfoot）。他是个霍比特人，身材也格外肥胖。在托尔金的书中，大多数市长都很胖——有人怀疑，这一部分是因为托尔金知道“市长”（mayor）这个词实际上意味着“更大”（拉丁语中 major 的意思是更大）。因此，威尔成了夏尔国最胖的霍比特人。

他的姓氏 Whitfoot（源于古英语，字面意思是白脚）很符合逻辑，因为米丘窟是在白岗的白色悬崖上开凿出来的。毫无疑问，威特福是该地区一个常见的霍比特人的名字。然而，这个名字很可能是托尔金灵感的来源，由此他创作了一个关于市政洞部分坍塌的喜剧故事。有次会议开到一半时，屋顶塌陷了，一股巨大的白色尘土从村子上空腾起。幸运的是，没有人受伤，但是当时的市长威尔·威特福满身粉尘地出现在大众面前。大家都说，胖胖的威尔看起来就像一个巨大的生饺子。就这样，米丘窟的市长后来就被称为水饺市长。

霍比特人的家乡

虽然米丘窟是夏尔的国都，但其实还有许多更大、更壮观的地方，其中最著名的霍比特人村庄就是霍比屯。霍比屯是一个典型的霍比特人聚居地。它不以其规模和所处位置而出名。霍比屯唯一有名的地方就是位于霍比屯山的袋底洞，巴金斯家族就住在那里。

霍比屯这个名字的意思就是霍比特人的屯。但如果我们看看 hob 的同音异义词，如中心（hub）、轴（axis）、中殿（nave）和中心（centre），我们就可以把霍比屯理解为霍比特人的中心城镇；再看看 hob 的其他同音异义词，如丘（hump）、小山（hill），那么我们就可以把它理解为霍比特人的山城。

在英国的郡县里有许多中空的小山包，比如古冢、巴罗坟墓和古墓，这些地方在当地被称作精灵山屋。在流行神话中，这些小精灵被认为是各种毛茸茸的小棕仙，被称为小精灵、霍布曼（Hobmen）、霍布-伊-特-赫斯特（Hob-i-t'-hursts）、霍布·斯拉施斯（Hob Thrushes）和霍布·斯拉斯特斯（Hob Thrusts）。

离托尔金的家只有几公里的地方是霍布·赫斯特之墓，那是一处古坟，人们通常不会把它当作一个坟墓，而是一座房子或一座空心的小山，而霍布·赫斯特的灵魂仍然住在那座小房子里面。

霍比特人既是洞穴居民，也是山地居民。这是怎么回事呢？也许一部分原因深埋于语言的根茎之中：山（hill）和洞（hole）之间有联系吗？

霍比屯（HOBBITON）→霍伯镇（Hobb Town）→ 霍比特人的中心城镇（Hub Town of Hobbits）→霍比特人的山城（Hill Town of Hobbits）

从洞（HOLE）到山（HILL）

HOLE（现代英语）→ HOLLOW（洞）（古英语）→ HOHL（洞）（日耳曼语）→ KUD（洞）（哥特语）→ KHULAZ（空洞）（史前日耳曼语）→ 源于 KOL（覆盖物）（印欧语根词）→ COLLIS（山）（拉丁语）→ KULNIS（山）（史前日耳曼语）→ KHULNIZ（山）（哥特语）→ HILL（现代英语）

袋底洞：霍比特人的家

如果你想研究霍比特人的住宅设计，或者欣赏一下理想的霍比特人地道的内部结构，最好的办法就是看看袋底洞里著名的比尔博·巴金斯和弗罗多·巴金斯（Frodo Baggins）的家。袋底洞的霍比特建筑被认为是霍比屯古村落中最好的霍比特洞穴，相当壮观，而且是传统的霍比特式洞穴。

它是乡村绅士霍比特人住宅的缩影，设计精良，内部温暖安逸并且十分舒适，但设计却一点也不矫揉造作。这个家族的洞穴里从来没有风言风语，这从它的名字——袋底洞（Bag End）就可见一斑。

这里带有一种社会讽刺的意味，因为袋底洞（Bag End）是托尔金又一个霍比特式的语言笑话。Bag End 是从法语 cul de sac（死胡同）直译过来的。20 世纪初，势利的英国房地产经纪人开始使用这个词，因为他们觉得英国的死胡同太常见了。法语的 cul de sac 看起来文绉绉的，但法国人很少使用这个词，他们通常称这样的道路为 impasse（死路）。

BAG END（袋底洞）

英式法语中的 cul de sac（死胡同）

法语中的 impasse（死路）

英语中的 dead end（死胡同）

托尔金笔下的巴金斯家族是典型的霍比特人，他们不会容忍这种法国化的愚蠢行为。然而，这正是人们常用萨克维尔 - 巴金斯（Sackville-Baggins）这个复合名字代指巴金斯家族中令人讨厌、喜欢攀高的那一支的原因。因为他们来自南区的萨克维尔，并且坚持使用这个法式的复合名字。这一事实告诉了我们关于这个家族的一脉我们需要知道的一切。荒谬的是，萨克维尔 - 巴金斯最该摒弃的，应该是袋镇 - 巴金斯（Bagtown-Baggins）这个可笑低贱的名字。

SACKVILLE 字面直译为袋镇（Bagtown），

SACKVILLE-BAGGINS 则应译为袋镇 - 巴金斯（Bagtown-Baggins）。

总而言之，托尔金认为袋底洞是对英国中产阶级那种“家庭与花园”式社会的温和讽刺。一般来说，托尔金鄙视那种居高临下、瞧不起一切英国事物的势利眼。在语言、食物和文化方面，他更喜欢使用朴素直白的英语。比尔博 · 巴金斯居住的霍比特人家园真实而

袋底洞

又直白地描绘了英格兰的景象。

通过袋底洞的霍比特人，托尔金歌颂了英国人对简单的家庭温暖的热爱。那是一种既理想又荒谬的感觉：这种观点一半令人开心，一半又包含嘲讽。总而言之，令人惊讶的是，他居然没有写下这句诙谐的格言："霍比特人的洞穴就是他们的城堡。"

袋底洞的地道设计

所有霍比特人的洞穴或地道都遵循一个基本的原则。虽然袋底洞比其他洞穴空间更大，但它也没有偏离基本的设计原则，即一个典型的斯迈尔地道。霍比特人在山坡上挖一条中央隧道或斯迈尔地道，然后在地道两侧挖出房间。

中央隧道通常与山坡平行开挖，从一端挖入，从另一端挖出一个后门来。在走廊一侧挖出的房间镶有能欣赏到花园景观的圆窗；另一边的房间自然没有窗户。霍比特人的家里没有楼梯：所有的房间都只有一层。

除此之外，霍比特人的家与人类社会的乡绅的家类似——他们更加注重食品储藏室、厨房和酒窖的规模，对放衣服的衣柜、储物柜、抽屉和壁橱也十分着迷。

霍比特人都是能人巧匠，所以他们的家都布置得很好，从带有圆形舷窗的前门上安装的抛光黄铜把手到带有圆形舷窗的后门上安装的抛光黄铜把手都制作精良。管状的中央走廊和所有的房间都有着精心制作的木镶板墙壁、漂亮的瓷砖和铺着地毯的地板。所有的房间都很舒适，通风、照明良好，还有很多壁炉供取暖使用。房间里面摆满了精致的手工家具，所有的家具都擦得很干净，刷了漆，并且全都铺上了软垫，使人感到无比舒适。

袋底洞的霍比特人家

邦哥·巴金斯

袋底洞的遗产：邦哥建造的房子

袋底洞是比尔博·巴金斯的父亲邦哥·巴金斯建造的。奇怪的是，托尔金却就这么一个简单的事实展开了一系列的霍比特式双关语，给读者打开了又一扇大门。袋底洞是邦哥的家；然而，在最初的霍比特语中，他的名字是 Bunga（男性名字以 a 结尾）。因此，袋底洞（Bag End）就是邦哥（Bunga）的住处，是一个平房（bungalow），或者说是“低矮的一层楼”，这是对类似袋底洞的霍比特地道相当准确的描述。

BAG END → 邦哥的家（Bunga's House）→

平房（Bungalow）→低矮的一层楼（Low One-Storey House）→

邦哥的地道（Bunga's Smial）→ 袋底洞

此外，邦哥的家也可以看作是邦哥的洞穴，而英语中常见的 bunghole 指的是随意把东西扔进去的地方，这一词源于 bung，意为“用软木塞或塞子塞住”。这让人想起了一种霍比特人的习惯——他们用杂物填满自己的洞，不停往里塞东西，从来不扔什么。此外，葡萄酒或啤酒桶底端的桶口也暗示着霍比特人房子入口的圆门。

袋底洞（BAG END）→邦哥的洞（Bungo's Hole）→

塞满东西的洞（Bunghole）

故事还没完。从 16 世纪到 20 世纪初，英语俚语“bung”与巴金斯姓氏中的“bagg”意思相似，都指的是“钱包或口袋”。因此，袋底洞的比尔博 · 巴金斯先生这个称谓几乎可以简化为袋底洞的袋袋先生（Mr Bag Bag of Bag End）。

邦哥·巴金斯（BUNGO BAGGINS）

邦哥［Bung（o）］→ 用塞子塞住（Bung）→ 钱袋（Purse）→

钱包（Money Bag）→ 包（Bagg）→ 巴金斯［Bagg（ins）］

到了 19 世纪，bung 变成了一个动词，意为“扔掉”。俚语“bungo”就是从这里来的，意思是“消失”，尤其指的是钱的“消失”，如 bung-go 的字面意思是“钱包不见了”。

邦哥（BUNGO）→ 钱包跑掉了（Bung-Go）→

消失（Disappear）→ 钱包不见了（Purse-Gone）→包不见了（Bag-Gone）

→巴金斯不见了（Baggins-Gone）

看来比尔博·巴金斯不仅从他父亲邦哥那里继承了袋底洞的房子，而且还继承了巴金斯家族的特点——玩消失。邦哥（和他的妻子）在一次划船事故后都消失不见了，再也没有回来过。比尔博·巴金斯消失过两次：一次是在《霍比特人》开头的“意想不到的派对”之后；一次是在《指环王》开头的“期待已久的派对”之后。弗罗多·巴金斯继承了这种消失的传统，在《指环王》的开头和结尾都曾消失过。

第四部分

孤山之旅

矮人的阴谋

袋底洞的比尔博·巴金斯一直过着宁静的生活，直到13个心怀不轨的矮人出现在他的世界里，彻底打乱了他的安逸生活。这些阴谋者就是索林团，他们招募这位受人爱戴的霍比特人，将他培养成专业窃贼，引诱他加入他们的冒险。这些矮人是谁？他们是做什么的？他们是如何、又是为什么参与到这次冒险或探索中来的呢？

首先他们是矮人（Dwarve），不是侏儒（Dwarf）。托尔金非常想把矮人们说成是一群蓄着胡须、身材矮小的生物，而不是一群身体上有缺陷，因而个头长不高的人类。他开始尝试着找一个合适的复数名词来定义和规范这个种族。托尔金想出了矮人（Dwarves）这个词，不过他也承认，用恰当的语言来说，称他们为“Dwarrows”更为合适。

DWARF（现代英语：矮人），复数形式是Dwarfs。

DWEORH（古英语：矮人），复数形式是Dwarrows。

DWEORH（西方通用语：矮人），复数形式是Dwarrows。

DWARF（西方通用语译语：矮人），复数形式是 Dwarves。

所以在托尔金的书中，Dwarf（现代英语）的复数形式变成了 Dwarfs；Dweorh（古英语和西方通用语）变成了 Dwarrows；Dwarf（西方通用语译语，中土世界西部地区的通用语言）变成了 Dwarves。此外，Dwarf 起源于印欧语根词 Dhwergwhos，意为“微小的东西”。

矮人的城市

DHWERGWHOS
Dvergr
Dweorh
Twerg
Dvairgs
Dwergaz
Dhwergwhos
Dwarf

DWARF 源自：

Dweorh（古英语）

Dvergr（古挪威语）

Twerg（古高地德语）

Dvairgs（哥特语）

Dwergaz（史前日耳曼语）

Dhwergwhos（印欧语），意为“微小的东西”

在《霍比特人》中，索林团里的矮人们通常是出现在喜剧童话故事里的那一类矮人。如果换成是《白雪公主与七个小矮人》或《侏儒怪》，你会发现他们与这些故事中的矮人并无不同。在这里，我们都能够意识到，矮人们囤积黄金、热衷于挖矿，以及他们阴沉而固执的性格之间都有着细微的联系。

然而，到了《指环王》中，矮人已经成为托尔金史诗般的中土世界里独一无二的物种。在他们自己的语言中，他们是哈扎顿人（Khazad），一个性情黑暗、令人害怕的种族，与维京神话中注定失败、宿命使然的矮人史密斯有着同样的本性。

矮人们的名字虽然不是从我们的“霍克斯波克斯词典”当中取的，但也全都来源于一个出处。他们的名字由托尔金直接取自 12 世纪冰岛的《散文艾达》一书的维京神话。《散文艾达》粗略地描述了小矮人的诞生，然后列出了他们的名字，这个名单通常被称为 Dvergatal，即矮人名册。

《霍比特人》中所有的矮人的名字都出现在这个名单当中：索林（Thorin）、杜瓦林（Dwalin）、巴林（Balin）、奇力（Kili）、菲力（Fili）、比弗（Bifur）、波弗（Bofur）、邦伯（Bombur）、多瑞（Dori）、诺瑞（Nori）、欧瑞（Ori）、欧因（Óin），还有格罗因（Glóin）。托尔金在《散文艾达》中还发现了一些名字，并在之后用来命名矮人，如瑟莱茵（Thráin）、瑟罗尔（Thror）、丹恩（Dáin），还有耐恩（Náin）。在《散文艾达》中，都灵（Durin）这个名字被赋予了一个神秘的矮人创造者，而托尔金则把这个名字给了都灵一脉的第一个矮人。

托尔金拿着矮人名册，思索着它为何被创造出来。从本质上讲，托尔金把矮人名册看作是他的另一个霍比特式谜语。

答案就是：这个谜语是关于失落的矮人史诗的，或者是一部关于 Langobards（意思是长胡子，托尔金笔下的矮人的另一种叫法）的史诗，那是一个长期失散的日耳曼部落。传说中，他们把自己的财富和王国输给了龙。

谜语：什么是矮人名册?

答案：矮人名册是失落的矮人史诗。

为了想出矮人们曾经在“石头大厅”中吟诵的那个失落的史诗故事的内容，托尔金尽他所能找到了一些线索。他再次钻研语言来补充细节。

首先，他用矮人名册创造了矮人之旅。

毫无疑问，矮人探险队的首领名叫索林，意思是“勇敢的”。然而，托尔金也给了他另一个名字：Eikinskjaldi，意为“橡木盾之神”。这个名字也暗示着一段历史。在哥布林之战中，索林折断了他的剑，但他捡起了一根橡树枝继续战斗，这根树枝既是棍棒，也是盾牌。

戴着面具的矮人

索林的父亲名叫瑟莱茵，意为“固执”，他在顽强抵抗恶龙入侵时被恶龙所杀。索林的妹妹叫迪斯，意思就是“妹妹”。索林的继承人与复仇者、铁丘陵矮人的首领丹恩·铁脚（Dain Ironfoot），名字意为“致命的铁脚”，这也与他战士的本质相吻合。

索林团

索林的矮人团其他成员的名字对托尔金塑造他们的形象也起到了重要的作用。邦伯（Bombur）的意思是“鼓鼓的”，当然就是矮人当中最胖的；而诺瑞（Nori）的意思是“矮小的”，当然就是矮人中个头最小的；巴林（Balin）的意思是“一个燃烧的人”，在战斗中他是最勇猛的，但对朋友却是最温暖的；欧瑞（Ori）意为“愤怒的”，在摩瑞亚，他曾奋力战斗直到战死；格罗因（Glóin）的意思是“发光的人”，他赢得了荣耀和财富。

我们知道，都灵（Durin）这个名字被赋予了神秘的矮人创造者，托尔金将这个名字赐给了矮人的第一位国王。

有趣的是，人们可以把 Durin 翻译成“困倦”（Sleepy），这是白雪公主的故事中七个小矮人之一的名字（名字出处相同）。然而，托尔金却将都灵塑造成了一个史诗般的人物，他是七个矮人之父中最伟大的一个，也是七眠子中第一个唤醒“石头大厅”并将矮人族带入中土世界的人。毫无疑问，矮人名册是托尔金的主要动机，也是他“发现”矮人历史、起源和性格的方式。在很大程度上，《霍比特人》中的伟大冒险是托尔金阐述他聚集矮人的方式，也是他对神秘的矮人名册谜语的有力回答。

巫师甘道夫

索林团在《霍比特人》中开始他们的冒险之旅，他们是童话故事里的标准物种，而巫师甘道夫（Gandalf）也以一个相当滑稽古怪的童话魔法师的形象出现了。在《霍比特人》中，甘道夫总是心不在焉，他既是一个教授，也是个爱犯糊涂的魔法师。

甘道夫把矮人和霍比特人召集到一起，开始了这次旅程。正是他将冒险和魔法注入霍比特人的世俗世界，才改变了比尔博·巴金斯的世界。甘道夫将索林团这群非法的冒险家带到比尔博的门前。《霍比特人》之所以如此引人入胜，是因为它将日常生活与史诗结合在一起：将关于龙、食人妖、精灵和宝藏的宏大冒险，和每天下午茶、烤松饼、喝麦芽酒和吹烟圈比赛的乐趣结合在一起。

所以，在《霍比特人》中，甘道夫是一个童话魔法师，戴着传统的尖顶帽子，披着长长的斗篷，手持巫师杖。他为人风趣又令人安心，就像是一个精灵教父。他后来在《指环王》中的转变让人有些惊讶，但托尔金随后指出，在所有童话魔法师的背后，都有来自一个种族历史的神话和史诗的背景支撑着。对于甘道夫的背景众说纷纭：

灰袍巫师甘道夫

甘道夫 vs 炎魔

甘道夫

凯尔特人的梅林

北欧人的奥丁

早期日耳曼人的沃登

罗马人的墨丘利

希腊人的赫尔墨斯

埃及人的透特

这些都与魔法、巫术、奥术和神秘的教义有关。甘道夫、梅林、奥丁和沃登都是相同的形象，通常都是一个穿着灰色披风、拿着一根手杖的流浪老人。甘道夫在力量和功绩方面都和这几位不相上下。一般情况下，这些巫师是英雄们的领路人，经常用他们的超自然力量帮助英雄们战胜困难。

在《霍比特人》的初稿中，托尔金并没有选择索林·橡木盾作为矮人的首领。令人惊讶的是，矮人的首领最初的名字是甘道夫。甘道夫也是一个矮人的名字，也出现在矮人名册上。直到后来的草稿中，矮人甘道夫才变成了巫师甘道夫。

毫无疑问，Gandalf 通常被译为“巫师精灵”，这激励了托尔金舍弃一个无关紧要的矮人，并引入了一个极为重要的巫师。

然而，如果你更仔细地观察甘道夫这个名字，就会发现有其他几种翻译方法，其含义就像巫师的身份一样在变化。的确，甘道夫这个名字很容易被用来作为《指环王》故事情节转折的灵感来源，在故事中，灰袍甘道夫变成了白袍甘道夫。

甘道夫来自冰岛语的 Gandalfr 一词。在翻译成古斯堪的纳维亚语的过程中，Gandalfr 一词可以拆解出 gand，意思是一种魔力或甘德的力量，即“星际旅行”；或者拆解出 gandr，意为巫师，或被施了魔法的杖，又或巫师被施了魔法的水晶；以及 alf，意为精灵或白色。因此甘道夫名字最好的三种译法是“精灵巫师”“白杖”和“白巫师”。

这三种翻译都非常适合做巫师的名字。wizard（巫师）这个词本身就是智者的意思。然而，每一个译法都有其隐藏的意义，这影响了角色的命运。

甘道夫被翻译成白巫师，这恰恰说明了名字背后隐藏的含义对托尔金的影响有多大。最初，甘道夫被授予灰袍巫师的头衔和等级，而白袍巫师是另一个名叫萨鲁曼（Saruman）的人。

我们知道，白巫师萨鲁曼的精灵名是库鲁尼尔，意思是“有技能的人”——对一个白巫师来说，这是一个恰如其分的名字。然而，萨鲁曼这个名字是一个古英语的词，意思是“痛苦的人”，这个名字只能给一个邪恶的（黑）巫师。这是托尔金古英语双关语的另一个例子：saromann 的意思是痛苦的人；然而，与其极为相似的 searomann 的意思却是有技能的人。

同样，我们知道灰袍巫师甘道夫的精灵名是米斯兰迪尔，意思是“灰袍流浪者”，这对于灰袍巫师来说也算是个合理的名字。然而，正如我们所看到的，甘道夫这个名字是古斯堪的纳维亚语的一个构词，意思是“白巫师”，这个名字只能给一个好的（白）巫师。

我们慢慢就会发现，名字的隐含意义往往预示着托尔金笔下人物的命运：白巫师萨鲁曼变成了邪恶的魔法师，而灰袍巫师甘道夫化身为白袍巫师甘道夫。托尔金又一次扮演了魔术师的角色，用语言来表演魔术师的戏法：一个小小的口头“戏法”，白变黑，灰变白。托尔金似乎觉得这种模糊的联想不够幽默，于是进一步把巫师们的命运与甘道夫名字中拆解出来的几个不同的元素联系在了一起：gandr是一种被施了魔法的水晶；gand意为星际旅行。奇怪的是，我们发现萨鲁曼之所以堕落是因为他使用了一种叫作真知晶球（Palantír）的魔法水晶，而甘道夫之所以得到了救赎是因为一次星际旅行。

甘道夫的三种译法

甘道夫——精灵巫师

将甘道夫称作精灵巫师或精灵魔法师可以说非常贴切，因为甘道夫是与中土世界灰精灵联系最紧密的巫师。另外，虽然甘道夫不是精灵，但他是来自光之精灵王国阿门洲的一个超自然精灵。因此甘道夫这个名字似乎暗示，这个精灵巫师最终会回到他在西海对岸的精灵之家。

甘道夫——白杖

当甘道夫第一次出现在《霍比特人》中时，人们把他描述成一个拄着拐杖的老人。魔杖是巫师的主要标志，因为它是伪装力量的古老权杖（skeptron 是希腊语中“杖”的意思）。杖也是所有巫师使用力量的工具。如果杖是白色的，就说明一个巫师掌握的是白色或善良的魔法，而不是黑色或邪恶的魔法。

甘道夫——白巫师

白魔法师或者白巫师可能是甘道夫这个名字最好的也是最简单的解释。起初，他伪装成灰袍巫师甘道夫——一个衣衫褴褛的老巫师，但在他的众多冒险中，他只使用了白魔法，也就是好魔法。最后，当他转身成为白巫师甘道夫时，他的真实本性便显露了出来。

食人妖与巨人

比尔博·巴金斯和索林等人遇到的障碍源自托尔金对盎格鲁-撒克逊文学的研究。语言本身就是托尔金进入这个世界的方式；通常，一个短语或单个单词会暗示整个章节和情节。这些出现在盎格鲁-撒克逊语言中的神秘生物有着难以捉摸的形象，托尔金清晰地描绘了他们，并且给予了他们统一的形象。

托尔金坚持要澄清语言的定义和形式，比如把“侏儒”变成“矮人”，把“侏儒的”变成“矮人的”，把精灵的复数形式 Elfs 变成 Elves，把精灵的形容词 Elfin 变成 Elven。

在古英语和北欧神话中，精灵、小矮人、巨人、小妖精、树人、仙女等词的定义区分十分不明。托尔金希望解决其中的问题，并结束这一切，尤其是精灵这个概念，托尔金将精灵定义为一个独特而又极其重要的种族。

在词源学的历史上，他还发现 Elf 这个单词在许多语言中都是非常强大的，意思也一致，都有 elf（精灵）和 white（白色，拉丁语的 alba 和希腊语的 alphos 都表示白色）的意思，并且在所有语言中都与天鹅有关。

ELF（英语）

AELF（古英语）

ALFR（古挪威语）

ALP（古高地德语）

ALBS（哥特语）

泰勒瑞之旅

食人妖与霍比特人

在托尔金的世界里，不同物种和怪物的许多特点都是从古英语和日耳曼语演变而来的。例如，史诗《贝奥武夫》中的一个短语激发了托尔金的想象力，这个短语描述了《圣经》中被诅咒的该隐后裔，那是一个饱受折磨的种族。在这个短语中，我们可以看到三个托尔金笔下的物种。这个古英语的短语是“eotenas ond ylfe ond orcneas”，翻译成现代英语就是“ettens and elf and demon-corpses”（食人怪物、精灵与恶魔遗骸），或者再简化一点，就是“trolls and elf and goblins”（食人妖、精灵与哥布林）。

在盎格鲁 - 撒克逊文学的其他作品中，我们可以找到许多词语来形容托尔金塑造的生物：

ORCNEAS

在古英语中指的是恶魔的尸体或哥布林僵尸。

ORCPYRS

在古英语中指的是恶魔巨人或妖精巨人。

WARGS

古斯堪的纳维亚语中的 vargr（狼）+ 古英语中的 wearh（人类亡命徒），暗指“换肤者”或狼人。

BERSERKERS

bear（熊）+ 古斯堪的纳维亚语中的 sark（熊衬衫战士团），暗指“换肤者”或熊人。

EOTEN

古英语中的巨人和树人。

JOTUNN

古斯堪的纳维亚语中的巨人。

TROLL

来自北欧的巨人或怪物。

怪物群

笨贼比尔博·巴金斯

在《霍比特人》的开头，比尔博·巴金斯似乎完全不能胜任盗贼的角色。为什么巫师甘道夫会坚持让矮人们雇佣这么一个荒唐的人来做这个工作呢？事实上，比尔博·巴金斯只是觉得扮演小偷的角色让他羞愧不堪罢了。不幸的是，他第一次试图从食人妖树林的三个食人妖那里偷东西时就被抓住了。

尽管从人类和霍比特人的标准来看，这三个食人妖伯特、汤姆和威廉·哈金斯（与马金斯押韵，意思是傻瓜、白痴）极其愚蠢，但他们会说话。这使得他们成为食人妖中的天才，而且聪明到几乎可以使比尔博·巴金斯的职业生涯在开始之前就结束了。

关于食人妖的这一故事是模仿了格林兄弟笔下的《勇敢的小裁缝》和一些冰岛神话里关于骗子们的故事。然而，巫师甘道夫用他的智慧让食人妖们争论不休，太阳升起后，这些黑暗的生物变成了石头。

《霍比特人》故事的重点在于，它回顾了霍比特人从普通人成长为史诗英雄的整个过程。

在这部小说中，巫师甘道夫是霍比特人的导师。与食人妖的遭遇让比尔博·巴金斯第一次学会用他的智慧战胜强大的巨人。在第一次成功之后，他获得了食人妖的宝藏——一把名叫刺针的魔法精灵短剑。它除了是一把古老的兵器之外，还是比尔博的利刃：它象征着比尔博身上新获的敏锐的智慧与力量，也象征着他真实的自我与精神，那是一种充满光明而又充满危险的精神。

侠盗比尔博·巴金斯

比尔博·巴金斯所取得的成就，以及为何他能成为霍比特人心中的侠盗大师，都可以从我们“霍克斯波克斯词典”中的一个词中找到答案：hobbler。

hobbler 是 19 世纪和 20 世纪初的一个黑社会术语，指的是一群特殊的罪犯，他们通过一系列的骗局或者盗窃手段，获得了大量的赃物。比尔博·巴金斯是“小偷中的耻辱”，因为他的受害者通常是一个从一开始就通过盗窃获得赃物的罪犯。

hobbler 一词源于 hobble，意思是“迷惑或阻碍”。一个人可以用外表恐吓别人，但更多的时候是欺骗一个人的内心；在托尔金的世界里，我们经常看到强大的力量被令人费解的谜语或具有约束力的文字游戏所“束缚”，这几乎等同于一种契约，无论是矮人、半兽人、咕噜、精灵还是龙都难以逃脱。

比尔博·巴金斯的短剑——刺针

巫师甘道夫认为，霍比特人比尔博·巴金斯是一个完美的盗贼，尽管他外表看起来并不像是个专业的盗贼。作为一个霍比特人，比尔博几乎没有机会靠外表来恐吓他人，所以他更偏向于“迷惑、阻碍”他的敌人，而不是与他们正面对抗。如果他想生存下去，就必须迅速学会如何利用他的智慧和他擅长使用的一些工具，去盗取其他罪犯的不义之财。

比尔博·巴金斯的手段在犯罪世界的俚语中得到了完美的描述。to hobble a plant 首次出现在 1812 年的英国（自那以后一直被使用），意为通过欺骗或偷盗来获取赃物。

这个短语的意思大致是“寻宝者欺骗了藏宝者”。这是在每次重要情形下使用的技巧，无论藏宝者是食人妖、哥布林、食尸鬼还是龙。在每一种情况下，侠盗都能够诱骗并躲避藏宝者，“获得战利品”。

在甘道夫的指导下，本来一事无成的霍比特人似乎很快就学会了如何成为一个一流的盗贼。他在第一次偷盗中获得的奖励是他的剑——刺针。

他在与咕噜的致命斗争中幸存下来，得到了一枚戒指，这枚戒指能让他隐形。有了这两件顺手的工具，再加上他在绝望和迫不得已中磨练出来的机智，比尔博·巴金斯成了一个无可比拟的大盗：一个霍比特侠盗。

史矛革的巢穴

比尔博在巫师甘道夫手下训练的学徒生涯就这样结束了，结果就是咕噜跛着脚，他的一枚戒指也被偷走了。他喊道："小偷！小偷！小偷！巴金斯！我们恨他，我们永远恨他！"这确实是来自一个怪物同行的高度赞扬，几个世纪来这位同行一直在做着偷窃和谋杀的勾当。

当比尔博·巴金斯加入矮人的行列时，他成了无与伦比的侠盗大师，成为远征队的真正英雄。他的转变令人瞩目。在黑森林中，比尔博变成了最勇猛的勇士，他用戒指和刺针毫无畏惧地杀死了邪恶的巨型蜘蛛。

从蜘蛛网的考验到幽暗密林里的精灵监狱，是一段埃瑞博山下废弃的矮人王国的短暂旅程。在那里，霍比特人比尔博·巴金斯的技能等待着最终检验者的出现，那就是孤山的巨龙。

巨龙的命名

比尔博·巴金斯的终极考验是他与最可怕的怪物——喷火的龙——的对抗。我们先来研究一下龙这个物种。让我们先来看看这个单词：dragon。

DRAGON（英语）

DRAGON（古法语）

DRAKE（古英语）

DRAKE（古日耳曼语）

DRACO（拉丁语）

DRAKON（希腊语）

DARC（梵语）

希腊单词 drakon 的意思是“蛇”，但它来源于希腊单词 drakein，意思是“看、闪烁”。因此，希腊语中的 drakon 暗指了“恶狠狠地看着”，或者指一个看门人或勇猛的守卫。同样，梵语 darc 也有“狠狠盯着人看的生物”的含义。

在希腊语和梵语中，代表这条毒蛇的单词的意思是“眼神恶毒的看守者”，同时也是宝藏或圣地的守护者。它也暗示了一种生物，这些生物有能力预测异象、用古老的奥术知识“看到”事物的本质。在古希腊神话中，龙像守护金羊毛一样守护着宝藏，但更多情况下是守护着圣井或可预言的洞穴。

最著名的是德尔菲神谕中的龙，被太阳神阿波罗用箭所杀。从那以后，它便葬在地底深处，但它呼出的气仍然从裂缝中逸出，使女祭司们进入一种恍惚的状态，由此赋予了她们预言未来的能力。

作为研究盎格鲁 - 撒克逊人的专家，托尔金是研究《贝奥武夫》的权威，他承认《贝奥武夫》是他创作《霍比特人》时“最有价值的资料之一”。这两个故事并没有非常明显的相似之处，然而《贝奥武夫》和《霍比特人》中关于龙的情节与故事架构却极为相似。

贝奥武夫的龙是被一个小偷唤醒的，当时他发现自己进入了龙的洞穴，于是从龙的宝藏中偷走了一个珠宝杯。托尔金借鉴了这一情节，他写道，比尔博 · 巴金斯也从宝藏中偷走了一个镶有珠宝的杯子。两个小偷都毫发无伤地逃走了。然而，在这两个故事中，其他的英雄死了，附近人类的聚落也遭受了恶龙愤怒的攻击。从小偷这个情节的角度看，《霍比特人》类似《贝奥武夫》中关于龙的故事。然而，《贝奥武夫》的龙没有形象，甚至没有名字。如果一定要进行比较的话，托尔金笔下的龙更接近《沃尔松传奇》中狡猾而邪恶的龙。

龙与虫

在古英语和北欧文学以及大多数欧洲神话中，龙和虫都可用来描述同一个怪物。然而，worm（虫）这个词的词根非常不同——与蛇的身体特征有关。

snake（蛇）和 serpent（毒蛇）都是身体扭曲的生物，在北欧的大多数现代语言中，下面这些词与“worm”及其变体交织在一起：wurm 在德语中是“蛇”的意思；worm 在荷兰语中是“蛇”的意思；orm 在丹麦语和瑞典语中都是“蛇”的意思。

然而，snake 和 serpent 来自不同的词根，这给我们创作怪物增添了新的思考角度。

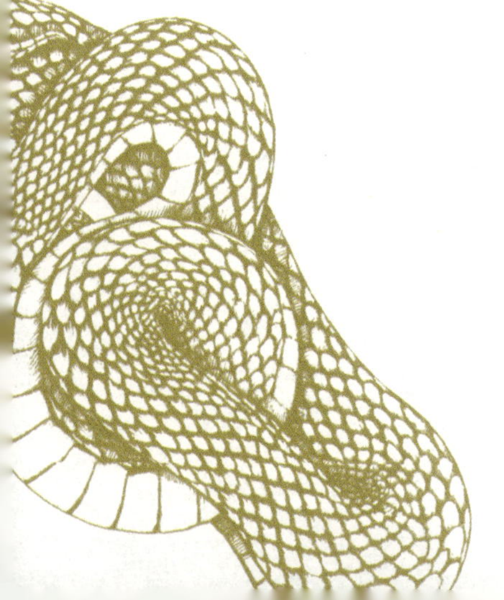

SNAKE 来自史前日尔曼语词根 snag，意思是爬行的。

SERPENT 来自拉丁语 serpere，意思是爬行、蠕动。

MONSTER（怪物）

Dragon（龙）+Worm（虫）+Snake（蛇）+Serpent（毒蛇）

龙的谜语

托尔金在创作长着翅膀、会喷火的龙时，从西方文化所有关于龙的神话中汲取了他认为最有用的元素。他还借用了“龙”和“虫”这两个词所暗示的元素，然后选择了一个名字，能让人联想到终极巨龙——一个完美的坏蛋，十分邪恶，而且极其聪明。

这条龙的名字是：史矛革（Smaug）。对当代读者来说，能够立刻联想到的只有一个方面：史矛革是一个双关语，是现代英语单词 smog 的双关语，意思是被污染的肮脏烟雾，这表明一条喷火的龙吐出了邪恶的硫黄烟雾和蒸汽。然而，激发托尔金创作华丽史矛革的灵感，并非来源于空气污染问题，而是来源于古代盎格鲁 - 撒克逊语言中的一个咒语。它起源于古英语中一个防御龙的咒语：wid smeogan wyrme，翻译过来就是“抵御穿行而来的虫”。

WORM（英语）

WYRM（古英语）

ORMR（古挪威语）

WURM（古高地德语）

WAURUMS（哥特语）

WURMUZ（史前日尔曼语）

VERMIS（拉丁语）

WRMI（印欧语）

都来自印欧语的词根 WER，意思是“旋转，扭转”，

因此 WORM 意思是“扭曲，旋转的生物”

托尔金断定这个咒语实际上不是咒语，而是一个谜语。咒语本

身并没有保护我们的作用，而是它给出的谜题的答案保护我们免受恶龙的伤害。

因此，为了解开这个谜题，托尔金首先问道："你如何保护自己不受这种虫的侵害呢？"

谜面：你怎么保护自己不受恶龙的伤害?

答案：给龙命名就可以。

只有发现了龙的名字的秘密，你才能打败龙。当然，这是《侏儒怪》以及其他十几个童话故事的结合体。所有这些故事都基于这样一种信念，即命名本质上是一种魔法。这是所有部落文化都认同的萨满教原则，它基于一些你无法控制、尚未知悉的东西，常常可以总结为"知己知彼"这样的格言。

托尔金相信（就像相信所有好的谜语一样）答案就在谜语本身。所以托尔金问自己：为什么龙被描述为 smeogan？他相信 smeogan 这个词本身就暗示了龙的名字的秘密。

托尔金注意到形容词 smeogan 和其动词形式 smeogan，以及 smeagol 和其动词形式 smugan 都源自重构史前日尔曼语动词 smugan。

Ormr
Orm
Worm
Wyrm
Snake
Orm
Serpent
Smeogan
Smeagan
Smeagol
Smugan
Dragon
Drake
Wurm
Waurms
Wurmuz
Wurmiz
Snag
Drake
Smaug
Smugan
Dragon
Vermis
Draco
Serpere
SMAUG
Drakon
Drakein

Wrmi
Wer
Darc

SMEOGAN（古英语）的意思是穿透，

SMEAGAN（古英语）演变成 SMEAGOL（古英语），

意为挖洞、钻进，

SMUGAN（古英语）的意思是爬越。

所有这些古英语词语都源于一个史前日尔曼语动词：

SMUGAN，意思是挤过一个洞。

SMUGAN 转换成过去时态 SMAUG 就变成史矛革的名字。

托尔金将这个动词转换成过去时，创造出了“Smaug”这个词，他自己称之为“低级语言学笑话”。

尽管（或正是因为）这是一个低级笑话，托尔金还是喜欢史矛革这个词的发音。他觉得这个词承载着这些来自古英语的元素的所有的涵义：穿透、探寻、挖洞、钻洞、爬行。

此外，史矛革是古英语动词 smeagan 的形容词形式，意为微妙的、狡猾的。托尔金正是想以龙的名义传达一个信息：龙是一个微妙而复杂的怪物，狡猾无比、性格扭曲。

SMEOGAN：穿透

SMEAGAN：探寻

SMAUG：微妙的、狡猾的

托尔金的巨龙名字之谜的答案就是史矛革。

霍比特人与龙

比尔博·巴金斯拥有隐形戒指和刺针，在遇到巨龙的时候，他已经是个合格的侠盗了。霍比特人比尔博·巴金斯是洗劫巨龙宝藏的完美人选，这一点越来越明晰。毕竟，霍比特人和龙有很多共同之处。比尔博·巴金斯是一个霍比特人，也是一个挖地道的人；他是一个挖洞者，也是一个穴居者。史矛革的情况也差不多，它从一个山洞里钻进了山里，把财宝藏了起来。更明显的是，咕噜和巨龙有很多共同之处：斯米戈尔（单词本意为爬行或挖洞）和史矛革（单词本意为虫钻入洞穴）都是由古英语单词 smeogan（穿透）和 smeagon（探寻）演变而来的。

比尔博·巴金斯已经穿过了斯米戈尔 - 咕噜的山中迷宫，并在猜谜游戏中以智取胜，所以他有资格与恶龙抗衡。因此，为什么雇佣一个霍比特人去对抗恶龙，答案已经很明显了：比尔博·巴金斯知道如何利用恶龙的名字来对抗恶龙，同时又足够机智，知道如何避免向恶龙透露自己的真名。他和所有霍比特人一样爱打听，因此他喜欢猜谜，也喜欢寻找事物的根源和开端。此外，矮人们需要一个一生都住在洞里、习惯了爬过洞穴的人爬过秘密通道，这样才能看穿龙的诡计。

比尔博·巴金斯探究了史矛革名字的含义，发现这个怪物确实十分狡猾。但他也发现，史矛革同时也常因自己的好奇心而吃亏。因此，比尔博意识到，在他监视巨龙并计划逃跑时，巨龙可能会被谜语分心。

比尔博发现史矛革最大的缺点是虚荣，他意识到史矛革在沾沾自喜。正是史矛革的傲慢和对敌人的蔑视，使其容易被霍比特人的奉承所迷惑，无意中暴露了自己致命的弱点。

那么霍比特人是如何使用龙名之谜——抵御穿行而来的虫——的答案的呢？

SMAUG 是 SMUG

smuggle（英语：走私犯）→ smug（英语：自鸣得意的）→

Smaug（史矛革）→ smuggelen（低地德语：走私）

怎样才能杀死这条能够穿透泥土的虫子呢？答案就在名字里：Smaug（史矛革）——从洞里钻出来的生物。比尔博·巴金斯得知了史矛革致命的秘密：巨龙腹部上的一块未被盔甲保护的裸露之处。不久之后，霍比特人向弓箭手巴德（Bard the Bowman）传信说，只有当他的箭穿过巨龙腹部没有被盔甲覆盖的地方，才能杀死火龙史矛革。当箭刺中要害，长着翅膀的强大火龙——黄金史矛革——就这样被杀死，从天上掉了下来。

第五部分

寻找魔戒

一个期待已久的派对时的夏尔

夏尔社会

托尔金的《指环王》开篇的章节标题为“一个期待已久的派对”，这是在调侃《霍比特人》第一章标题——“一个意想不到的派对”。然而，这两个派对的规模完全不同（也是完全不同的小说）。比尔博·巴金斯在《霍比特人》中举办的小茶话会与他 60 年后举办的盛大的 111 岁生日和告别派对没有什么相似之处。

在后来的巴金斯的派对上，我们看到了霍比特人的生活，描写的规模之大堪比史诗。数百名霍比特人参加了派对，我们从中仿佛看到一幅广阔的画布，上面描绘了霍比特人在夏尔的生活，那里洋溢着开心与活力：夏尔的传统、人们的欢乐、生活的琐碎，还有那些看似宏伟的事物。比尔博·巴金斯的消失让这场派对达到了高潮。然而，这也是弗罗多·巴金斯的成年派对。作为比尔博的继承人，他继承了袋底洞、刺针、魔戒和比尔博的冒险家本性。

对霍比特人来说，聚会是最能彼此袒露心扉的时候，因为尽管他们对其他种族放不开，但他们之间却非常能放得开。

霍比特人的社会大部分时间都是围绕着聚会、野餐、庆祝和节日，这些都是借口，为的是能够大吃大喝。活动包括唱歌、跳舞、说闲话、逗笑、开玩笑、赠送礼物和讲故事。在比尔博·巴金斯的“期待已久的派对”上，霍比屯的霍比特人尽情庆祝。从老霍比特人到年轻的霍比特人，他们与其他的霍比特人尽情玩耍、亲密无间。

虽然比尔博·巴金斯的派对是托尔金对霍比特人（以及英国人）简单快乐的乡村生活的一种颂扬，但在整个派对的庆祝活动中，也明显存在着一种强烈而幽默的社会讽刺元素。派对的主要目的是戳穿一个非常小的资产阶级社会里，人们只关乎自我的膨胀感。

托尔金花了数百个小时仔细考虑，“创造”名字，并试图创造出复杂的霍比特人家族谱系。霍比特人社会的复杂性和多样性，在很大程度上是通过他们的名字暗示出来的。正如比尔博·巴金斯、斯米戈尔 - 咕噜、黄金史矛革、甘道夫，还有索林团，这些名字中都隐藏着更深的故事，毫无疑问，大多数参加聚会的人都有自己的生活和自己的故事可以讲。

因为除了图克、烈酒鹿、吹号者和巴金斯这些著名的家族，托尔金还创造了许多其他的姓氏，每一个姓氏都讲述着自己的家族传奇：丘伯（Chubbs）、葛卢伯（Grubbs）、抱腹（Bracegirdles）、古德伯迪（Goodbodies）、布朗（Browns）、布洛克豪斯（Brockhouses）、博哲（Bolgers）、傲脚（Proudfoots）、波芬（Boffins）、布罗斯

（Burrowses）、制绳匠（Ropers）、河岸（Banks）、布彻尔（Butchers）、詹吉（Gamgees）、科顿（Cottons）、褐毛（Brownlocks）、邦斯（Bunces）、图伏特（Twofoots）、加德纳（Gardners）、金多（Goldworthys）、凰金（Goolds）、格林班德（Greenbands）、山上（Overhills）、山下（Underhills）、绿手（Greenhands）、小麦草（Mugworts）、山迪曼（Sandymans）、沙匠（Sandheavers）、白脚（Whitfoots）、诺克（Noakes）、波特（Potts）、萨克维尔（Sackvilles）、水坑脚（Puddifoots），伦波（Rumbles）、小洞（Smallburrows）和隧道（Tunnellys）。

在此基础上，托尔金又创造了大量名字，既有普通的，也有带有异国情调的。一个完整的霍比特社会和国家就从这些名字中诞生了。托尔金将霍比特人塑造成一个个独立的人物形象，这一“发现”是如此生动，以至于人们可能会认为，作者实际上派了一位画家来记录这一事件，并为参加那次精彩聚会的每一个霍比特人都画了一幅肖像！

比尔博·巴金斯的“一个期待已久的派对”

一个期待已久的派对座位图

在莉迪亚·波斯特玛（Lidia Postma）所画的比尔博·巴金斯的“一个期待已久的派对”中，我们可以感受到托尔金创造的庞大的霍比特社会。图片中包含着他想象出来的独特的名字，是每一幅画中的霍比特人肖像背后的灵感来源。

沙瑞迪　贝瑞拉克　塞恩丁
沙拉达克　迪诺达斯
莎拉达丝　法哥
罗密麦克　**烈酒鹿家族**　爱斯摩拉达
梅里马斯　爱斯特拉
梅里麦克　戈布拉斯
曼萨　希尔达
摩马达斯　伊尔贝瑞克

黛西
格利佛　**波芬家族**
杜德里克

比尔博
安洁丽卡
朵拉
卢比
巴金斯家族
杜克洛
波斯歌
吉力
波托
庞托
阿斯菲戴尔
路法斯
米洛
皮奥尼
布罗斯家族
明托
莫尔托
莫斯柯
莫托
雨果
抱腹家族
菲利伯特
威利伯德
佛瑞德加
罗森孟达
博哲家族
欧多瓦卡
普丽丝卡
波皮
波多
桑丘
傲脚家族
傲多
欧乐
艾德拉
瑞金纳
艾佛拉
罗贝拉
平珀诺
佛地布兰德
巴金斯家族
萨克维尔-
巴金斯家族
波纹卡
佛地纳德
波尔
费伦布拉斯
傲梭

持戒者弗罗多

比尔博·巴金斯在他 111 岁生日的告别派对上神秘失踪后，弗罗多·巴金斯继承了巴金斯在袋底洞的家。弗罗多是个孤儿，后来被比尔博·巴金斯富有但性情古怪的单身堂兄收养，成为他的继承人。然而，比尔博·巴金斯离开弗罗多时留下的不只是家庭，他还给这位年轻的霍比特人留下了他从咕噜那里获得的魔戒。

有了魔戒，弗罗多踏上了一场比孤山之旅更为奇妙的冒险。的确，与那只魔戒所带来的挑战相比，屠龙似乎只是一件小事。

索伦，魔戒之王，是世界上所有龙、炎魔、食人妖、狼、半兽人和其他邪恶生物的主人。

SAURON（指环王索伦）

高等精灵语中意为可恶的，暗示了希腊语中的 sauros（蜥蜴）一词。

指环王的名字索伦和希腊语中的蜥蜴在英语中都带有一种威胁的意味，因为它们让人联想到史前爬行动物时代的恐龙（“可怕的蜥蝎"）。毫无疑问，这个名字一定在托尔金的潜意识里起了作用，因为索伦麾下的戒灵用马换取飞骑，然后开始驾驭这种由史前索伦时代翼手龙进化而来的会飞的怪物。

弗罗多

除了巴金斯的姓氏，持戒者弗罗多还得到了什么？通过对比尔博·巴金斯的调查，我们已经整理出了巴金斯的大量遗产，其中包括了那些适用于各种各样情况的专业盗窃工具。

然而，有一个词在犯罪界被广泛使用，它似乎与巴金斯家族的袋子有直接的联系。这个词与其他所有的词都有关，但又有所不同，这些词包括：拿包的人（bag man）、行李员（baggage man）、抢包者（bag-snatcher）、包裹毁坏者（baggage smasher）等。

在《指环王》的背景下，巴金斯这个姓氏和另一个黑社会职业——抢包者（bagger）或者叫偷包贼（bag thief）之间有着惊人的联系。

BAGGER，BAG THIEF

专门抓住受害者的手来偷戒指的小偷。

值得注意的是，"抢包者"（bagger）或"偷包贼"（bag thief）

与“行李”(baggage)没有任何关系，只是都源自法语“bague”的谐音,意为“戒指”。1890—1940年间,这个词似乎一直被广泛使用。

巴金斯这个姓氏似乎从一开始就包含了《霍比特人》和《指环王》中的情节。比尔博和弗罗多天生就是偷东西的料。

那么，是Baggins先出现的，还是baggers先出现的?

(比尔博)巴金斯→中产阶级→市民→窃贼→行李员→拿包的人→抢包者→偷包贼→偷戒指的贼→(弗罗多)巴金斯

为什么是弗罗多?

这个名字里暗指了什么?弗罗多对魔戒之旅有什么特别的启示?

FRODO(现代英语)

Froda(霍比特语)

Froda(古英语),意思是明智的

Frothi(挪威语),意思是明智的人

智慧的弗罗多

和平缔造者弗罗多

在古英语和斯堪的纳维亚神话中,弗罗多(Frodo,或者 Froda、Frothi)这个名字通常与和平缔造者有关。在史诗《贝奥武夫》中,有一个叫弗罗达(Froda)的强大的异教国王,他试图在丹麦人和吟游诗人之间建立和平。在挪威神话中,有一个国王名叫弗罗斯(Frothi),他统治着一个和平与繁荣的王国。此外,在冰岛文学中,我们发现 Frotha-frith 一词,意为“弗罗斯的和平”,并提到了传说中的“和平与财富时代”。这与弗罗多·巴金斯的观点是一致的,在魔戒战争结束时,他成为最杰出的和平缔造者。当然,在夏尔,也有一个“弗罗多的和平”:SR 1420 年,在魔戒之战之后,那时被称为“大丰收之年”，收成比历史上任何一年都要好。随之而来的是夏尔及其居民的“和平与财富的黄金时代”。这一切都归功于魔戒持有者弗罗多的英勇行为。

霍比特人的友谊

毫无疑问，弗罗多· 巴金斯的朋友和仆人，山姆卫斯· 詹吉(Samwise Gamgee)，就是为“霍克斯波克斯词典”而生的。以下这些词都是用来形容霍比特人古怪的方面的：像小丑一样（hob-like）、像乡巴佬一样（hobnail）、滑稽（hobyhor）、笨拙（hobledehoyish）。所有这些都适用于在《指环王》中一开始时出现的粗犷的山姆卫斯· 詹吉。然而，他对弗罗多 · 巴金斯有着坚定不移的忠诚和一颗想要多次拯救世界的勇敢的心。

他的名字就是他的身份标签：山姆卫斯· 詹吉——哈姆法斯特· 詹吉之子。他主人弗罗多的名字意为“聪明”，所以从逻辑上讲，山姆卫斯的名字意思是“半聪明”或“简单”。

他父亲的名字同样具有画面感：Hamfast，意为“家里待着的人”或“待在家里”。这些都可以准确描述一个简单的园艺工人家庭。

山姆卫斯·詹吉与唧唧虫。霍比特人把这种类似蟋蟀的动物命名为“唧唧虫”，因为它们不断发出“唧唧”的叫声。

SAMWISE 的起源

原霍比特语中的 Ban（缩写形式）

霍比特语中的 Banazir，意思是半聪明或简单的

古英语中的 Samwis

古英语音译为 Samwise

西方通用语中的 Samba

西方通用语中的 Sam（缩写形式）

英语中的 Sam（缩写形式）

他的姓 Gamgee 也是既生动又有趣：

GAMGEE 姓氏的由来

Galpsi 的霍比特语翻译，是 Galbasi（霍比特语）的缩写，

意思是从 Galabas（Galpsi）村来。

GALABAS、GALAB（意思是游戏、笑话或玩笑）→

BAS（意思是湿草地或村庄）→ GALEBAS

GAMWICH 意为“游戏村”，因此，在英语翻译中，Gamwich（发音为 Gammidge）变成了 Gammidgy，最后演变成 GAMGEE。

GAMGEE（古英语）意为游戏，笑话，玩笑。

半聪明的山姆卫斯·詹吉，完美地衬托了他的主人——睿智的弗罗多·巴金斯。头脑简单的山姆卫斯·詹吉是任何挑战中的开心果，尽管挑战中困难重重，他总是愿意试着开个玩笑或者闹个笑话，让寻找戒指的每个人都能够打起精神。

然而，最终，他在谦卑中得到了智慧，那是通过他在广阔世界的丰富经历和对生命根深蒂固的尊重得来的。建立霍比特人王朝的不是弗罗多·巴金斯，也不是巴金斯家族的任何成员，而是山姆卫斯·詹吉和他的后代。山姆卫斯·詹吉继承了袋底洞，成为受人尊敬的夏尔国的领主。山姆卫斯·詹吉证实了一个信仰，那就是“温和的人将拥有大地”。

在最后的阶段，如果没有山姆卫斯·詹吉的勇气和坚定不移的奉献，弗罗多·巴金斯就不可能到达末日裂隙，得到魔戒。在山姆卫斯的所有事迹中，最引人注目的是其大战蜘蛛精希洛布（希洛布在古英语中是“母蜘蛛”的意思），那是一个潜伏在魔多（精灵语是“黑大陆”的意思）西利斯恩格（精灵语是“蜘蛛隘口”）的怪物，恐怖的外形让人难以形容。山姆卫斯用精灵利刃刺针和精灵女王加拉德瑞尔的宝瓶弄瞎了怪物的眼睛，造成了致命的伤害，从而解救了他的主人。

皮瑞格林·图克与梅里雅达克·烈酒鹿

《指环王》中还有两位勇敢的霍比特人英雄，他们分别是梅里雅达克·烈酒鹿（梅里）和皮瑞格林·图克（皮聘）。他们都出身于霍比特的贵族家庭：梅里是雄鹿地领主的继承人；皮聘是夏尔国索恩的继承人。他们的名字都适合勇敢（可能矮小）的骑士。在欧洲历史上，矮子皮聘是法兰克国王和加洛林王朝的创始人。他也是查理曼大帝的父亲。

皮聘和梅里是弗罗多·巴金斯儿时的朋友，他们爱戴弗罗多并且对他忠诚，正因如此，他们成为护戒使者团的成员。

PEREGRIN（Pippin）TOOK［皮瑞格林·图克（皮聘）］

又名皮瑞格林一世，夏尔的第三十二代领主

PEREGRIN 意为朝圣者

PEREGRIN 来自拉丁语 pelefrinus，意思是外国的

PELEGRIN（古法语）的意思是流浪者

PELEGRIN（中世纪英语）意为旅行者

PILGRIM（现代英语）

PEREGRINE 也是一种体形较小的猎鹰

蜘蛛精希洛布、山姆卫斯·詹吉和弗罗多·巴金斯

梅里雅达克是一个真正的古凯尔特人的名字。有一位叫梅里雅达克的人是布列塔尼凯尔特人王国的创始人，另外四名叫梅里雅达克的人在亚瑟王的宫廷里被任命为凯尔特骑士。

MERIADOC（梅里雅达克）是由最初的霍比特语 Kalimac 翻译而来的。

MERRY（梅里）是由最初的霍比特语 kali 翻译而来，意为快乐的。MERRY 在 17 世纪是 mercy 的变体，在中世纪英语中是“快乐”的意思，而在古英语中是“喜悦”的意思。然而，奇怪的是，在史前日尔曼语中，murgjaz 的意思是“短”。

在守护魔戒的任务中，梅里和皮聘煽动树人去攻击艾辛格的邪恶巫师萨鲁曼，霍比特人加入到了树人的行军队伍中。树人是中土世界最高大、最强壮的种族。他们用根状的手摧毁了艾辛格的城墙，摧毁了邪恶巫师萨鲁曼的王国。[1]

在帕兰诺平原大战中，梅里是骠骑国国王的侍从，他的任务是冲破刚铎的围攻。那一天，梅里成为一个真正的英雄人物，他与持盾之女伊欧玟杀死了戒灵安格玛巫王。

① 在这次冒险中，梅里和皮聘喝下了恩特饮料，这刺激了他们的成长。他们长到了大约 1.4米，这使得他们成为历史上最高的霍比特人。

在魔多黑门之战中，霍比特人皮聘在与指环王的最后一场战斗中也为自己赢得了属于一个战士的荣誉。皮聘在魔多黑门前，与西方统帅的军队对抗势不可当的黑暗势力，他用他那被施了魔法的精灵之剑，杀死了一个巨大的食人妖。

梅里雅达克·烈酒鹿与皮瑞格林·图克

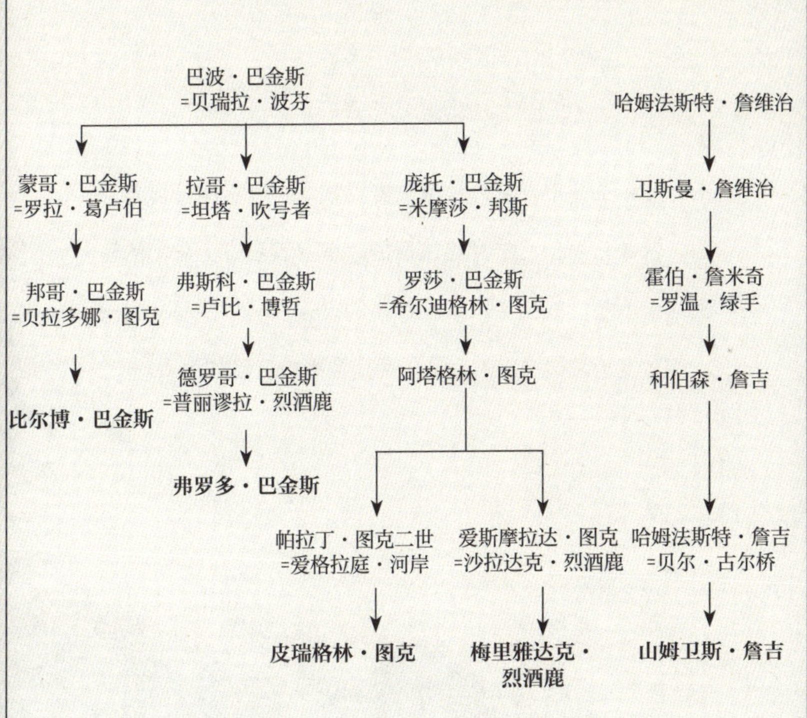
第三纪元著名的霍比特人
巴波·巴金斯
=贝瑞拉·波芬
蒙哥·巴金斯
=罗拉·葛卢伯
拉哥·巴金斯
=坦塔·吹号者
庞托·巴金斯
=米摩莎·邦斯
邦哥·巴金斯
=贝拉多娜·图克
弗斯科·巴金斯
=卢比·博哲
罗莎·巴金斯
=希尔迪格林·图克
比尔博·巴金斯
德罗哥·巴金斯
=普丽谬拉·烈酒鹿
阿塔格林·图克
弗罗多·巴金斯
帕拉丁·图克二世
=爱格拉庭·河岸
爱斯摩拉达·图克
=沙拉达克·烈酒鹿
皮瑞格林·图克
梅里雅达克·烈酒鹿
哈姆法斯特·詹维治
卫斯曼·詹维治
霍伯·詹米奇
=罗温·绿手
和伯森·詹吉
哈姆法斯特·詹吉
=贝尔·古尔桥
山姆卫斯·詹吉

霍比特人与魔戒

在《指环王》中，巫师甘道夫告诉我们，戒指中蕴含着某种东西，就像它有自己的意志或目的，指引着它在历史上的轨迹。巫师很清楚，戒指会以某种神秘的方式从一只手移向另一只手，这是出于某种神秘的目的。戒指会选择自己的主人。

如果顺着巫师的思路，你肯定要问一个基本的问题：是什么让魔戒如此执迷于霍比特人？答案就是，“霍比特人”这个词的核心从一开始就有一种吸引力，它不可避免地会把魔戒吸引到自己身边，从而促成了《指环王》的高潮情节。这个元素是“霍克斯波克斯词典”里最通用的词：hob。

轮轴游戏，源于“hob”，也被称为铁圈或环。一个大而平的环（也叫铁圈）搭在一个木栓（也叫滚刀）上就可以玩了，这个木栓被用来标记凸起物（也叫滚环）。在美国，环已经被马蹄铁取代，但本质上是一样的游戏。

轮轴游戏 → 铁圈游戏 → 指环游戏

寻戒之旅是一个古老的故事，在世界各地的文化中都很常见。这是一个英雄祖先的史诗故事，也是通过勇士、铁匠和巫师的冒险故事传达炼金术和冶金术秘密仪式的一种方式。

就像一度十分血腥的春天的祭礼变得温和，成为一种仪式，变成了无害的追求，比如五月长杆舞和复活节彩蛋狩猎，《指环王》中的英雄们之间的决斗也被简化成了友好的村民之间一起玩铁环游戏。

这象征性地再现了对魔戒的追求，也是铁环游戏的起源。如今很少有人知道这项运动的起源，因此也就很少有人去想古代的寻戒之旅，而当他们在乡村集市和宴会上投环或投掷马蹄铁时，他们会在不知不觉中纪念和模仿这一古老的竞赛。

奇怪的是，我们也发现魔戒之战的关键并不在于屠龙、军队在战斗中的对抗、围剿城市，甚至帝国的崩塌。世界的命运和魔戒之战的高潮归结为霍比特人和咕噜之间的一场摔跤比赛，象征着淘气精灵在正邪之间的两难境地，还有小妖精与哥布林之间的斗争。

在《指环王》的故事中，这是一场蔓延至世界尽头的战争。因为弗罗多·巴金斯的任务开始于夏尔霍比屯的袋底洞，结束于魔多（Mordor）末日山（Mount Doom）的地狱之门。

DOOM 意为命运，审判。

MORDOR 意为黑暗之地，死亡之地。

斯米戈尔 - 咕噜和弗罗多·巴金斯争夺魔戒的地方，就在被称为“末日裂缝”的火山裂缝边缘。只有火山的火焰才能锻造魔戒，也只有在这火焰中才能摧毁魔戒。

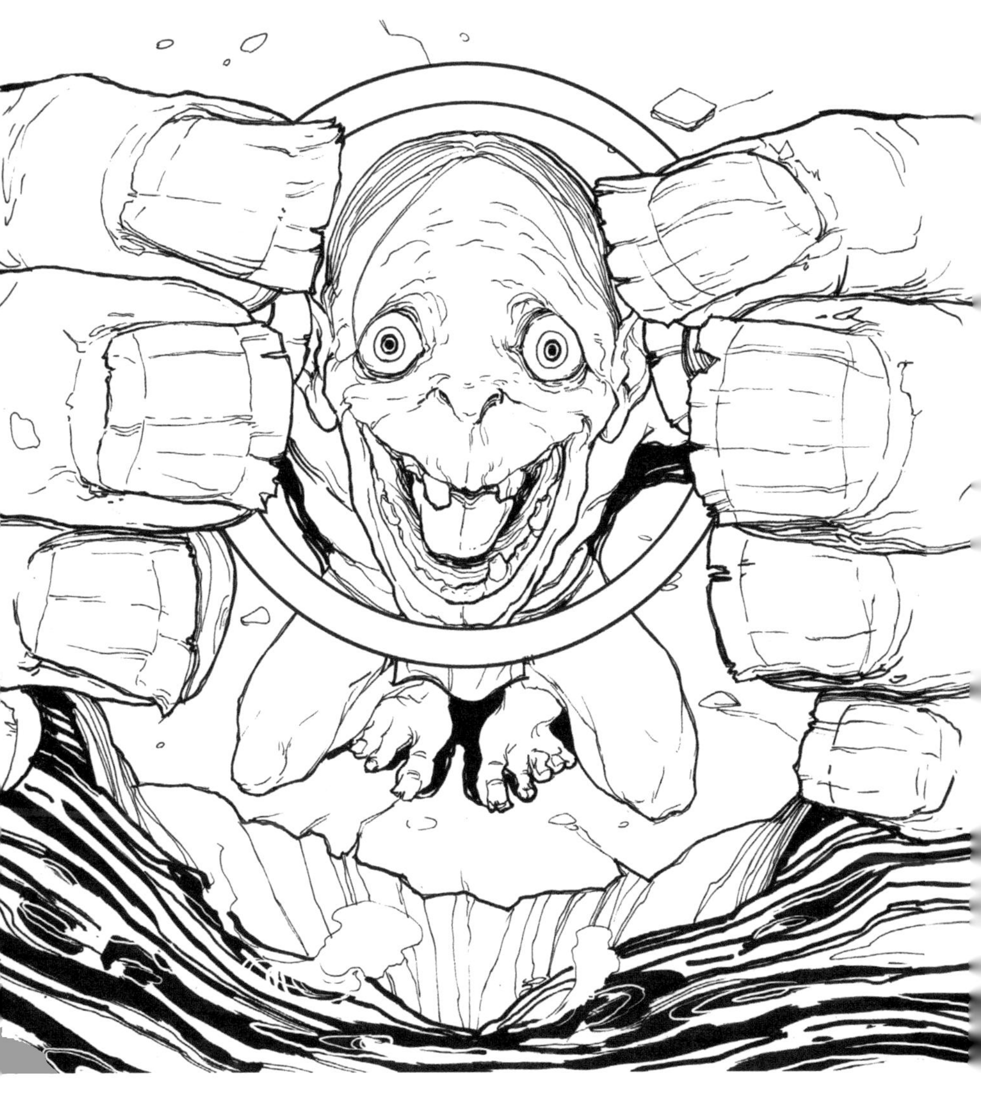

咕噜与魔戒

讽刺的是，如果没有邪恶的咕噜，善良的霍比特人不可能摧毁魔戒。魔戒的力量太强大了，但在关键时刻咕噜发动攻击，恶毒地咬掉了弗罗多戴戒指的手指。咕噜高兴地抓住了魔戒，却没有站稳脚跟，掉进了炽热的深渊，遭到了厄运。

就这样，魔戒被摧毁了，魔戒之战结束了，魔戒之王被征服了。

真的是“Hobbit”中的“hob”把魔戒和霍比特人联系在了一起吗？

铁环游戏是否有助于《指环王》史诗般的故事情节的设置？还是《指环王》的整个史诗故事都是为了解释铁环游戏的起源而虚构的呢？这个问题没有答案，因为即使是托尔金，也要制造一些令人费解的霍比特式玩笑来掩饰这一难题。托尔金喜欢利用多语种连环双关语，并且乐此不疲。可以想象，在另一个空间维度里，托尔金教授现在可能正坐在那里，吹着烟圈，只要他一想到要在这个住着毫无戒心、一无所知的人类的世界里再开一个完全不为人知的语言学玩笑，就会咯咯地笑起来。

然而，也许还有另一种方式可以解释托尔金世界奇怪的现象。语言是一个集体创造的过程，它与使用语言的每个人的创造过程相互作用。

这就像是一种魔力，最终表明它比任何一个个体都要复杂和聪明得多。词汇是一种共鸣，也具备了某种意义，这是任何一个个体都无法完全理解或预测的。

事实是，语言就像魔戒一样，仿佛具备自己的意志或目的，引导着它在历史上的轨迹。语言有一种神秘的力量，它能以神秘的方式、以神秘的目的，塑造世界，改变掌握语言的人类的生活。

语言比任何活着的人都要古老、充满智慧。毫无疑问，托尔金本人会是第一个承认《霍比特人》这本书从一开始就有自己的发展脉络的那个人。

图书在版编目（CIP）数据

托尔金的霍比特人 / (加) 大卫 · 戴著 ; 邓笑萱译 . 北京 : 北京时代华文书局 , 2025. 5.

ISBN 978-7-5699-5600-9

I. I561.074

中国国家版本馆 CIP 数据核字第 2024EK7760 号

The Hobbits of Tolkien

First published in Great Britain in 2019 by Cassell,an imprint of Octopus Publishing Group Ltd.

北京市版权局著作权合同登记号 图字：01-2024-3048

TUOERJIN DE HUOBITEREN

出 版 人：陈　涛

责任编辑：李一之

执行编辑：洪丹琦

责任校对：薛　治

装帧设计：孙丽莉　迟　稳

责任印制：刘　银　訾　敬

出版发行：北京时代华文书局 http://www.bjsdsj.com.cn

北京市东城区安定门外大街 138 号皇城国际大厦 A 座 8 层

邮编：100011　电话：010-64263661　64261528

印　　刷：天津裕同印刷有限公司

开　　本：880 mm × 1230 mm　1/32　　成品尺寸：145 mm × 210 mm

印　　张：6　　字　　数：122 千字

版　　次：2025 年 5 月第 1 版　　印　　次：2025 年 5 月第 1 次印刷

定　　价：78.00 元